ERVE

12

I0650116

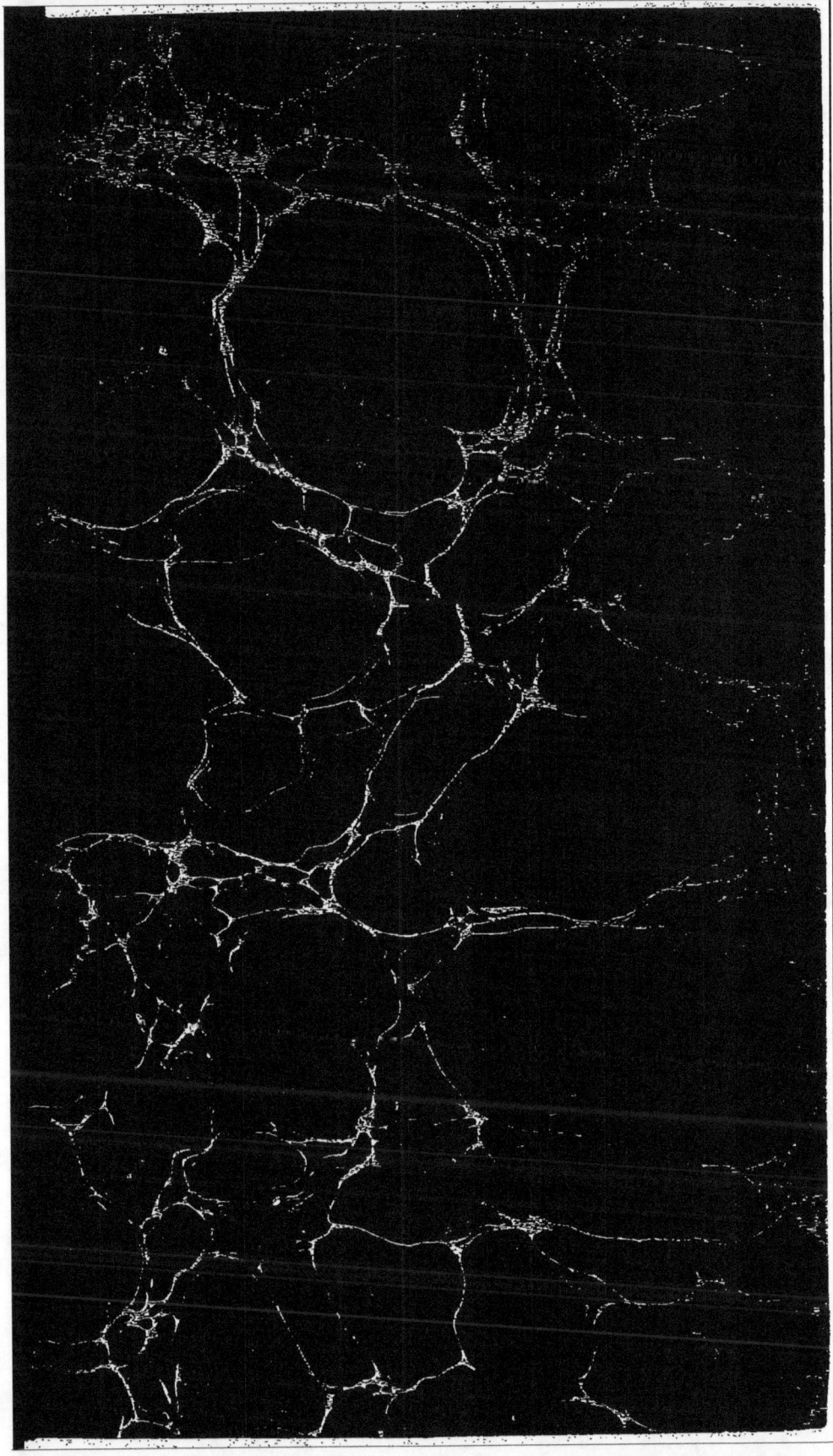

3512

LES CRIMES

DE

L'AMOUR.

Y² Réserve

LES CRIMES

DE

L'AMOUR,

NOUVELLES HÉROÏQUES
ET TRAGIQUES;

Précédés d'une IDÉE SUR LES ROMANS,
et ornés de gravures.

PAR D. A. F. SADE, auteur d'Aline et Valcour.

Les tableaux du malheur sont la véritable école de
l'homme ; quand la douleur pénétrante brise et déchire
l'âme, la sagesse vient en riant répandre ses semences
dans nos cœurs amollis par les larmes.

Nuits D YOUNG.

TOME II.

A PARIS.

CHEZ MASSÉ, Éditeur propriétaire, rue Helvétius,
n°. 580.

AN VIII.

MISS
HENRIETTE STRALSON,

o u

LES EFFETS DU DÉSESPOIR.

NOUVELLE ANGLAISE.

───────

Un soir où le ranelagh de Londres
était dans sa beauté, le lord Granwel
âgé d'environ trente-six ans, l'homme
le plus débauché, le plus méchant, le
plus cruel de toute l'Angleterre, et malheureusement l'un des plus riches, vit
passer, près de la table, où à force de
punch et de vin de Champagne, il en-
dormait ses remords avec trois de ses
amis, une jeune personne charmante,
qu'il n'avait encore vu nulle part. Quelle
est cette fille, dit avec empressement
Granwel à l'un de ses convives, et comment se peut-il qu'il y ait à Londres un

Tome II.   A

minois aussi fin qui me soit échappé ?
je parie que cela n'a pas seize ans , qu'en
dis-tu sir Jacques ? — *Sir Jacques* : une
taille comme celle des grâces! Wilson,
tu ne connais pas cela ? — *Wilson* : voilà
la seconde fois que je la rencontre ; elle
est fille d'un baronnet d'Herreford. —
Granwel : fut-elle fille du diable, il
faut que je l'aie , ou que la foudre m'an-
néantisse; Gave je te charge de la découverte.— *Gave* : comment se nomme-
t-elle Wilson ? — Miss Henriette Stralson; cette grande femme que vous voyez-
là avec elle , est sa mère ; son père est
mort. Il y a long-temps qu'elle est amou-
reuse de Williams , un gentilhomme
d'Herreford ; ils vont se marier, Williams
est venu ici pour recueillir la succession
d'une vieille tante qui fait toute sa
fortune ; pendant ce temps lady Stralson
a voulu faire voir Londres à sa fille, et
quand les affaires de Williams seront fi-
nies, ils repartiront ensemble pour Herreford où le mariage doit se conclure.—
Granwel : que toutes les furies de l'enfer puissent s'emparer de mon âme, si
Williams la touche avant moi... Je n'ai

jamais rien vu de si joli... Est-il là ce Williams ? je ne connais pas ce drôle-là, faites-le moi voir. — *Wilson* : le voilà qui les suit... sans doute il s'était arrêté avec quelques unes de ses connaissances... Il les rejoint... observez-le... c'est lui... le voilà. — *Granwel* : ce grand jeune homme si joliment fait ?— *Wilson* : précisément.—*Granwel* : ventrebleu, à peine cela a-t-il vingt ans. — *Gave* : il est en vérité bel homme, milord... voilà un rival... — *Granwel* : dont je me déferai comme de bien d'autres...Gave, lève-toi, et suis cet ange... En vérité, elle m'a fait une impression... Suis-là Gave, tâche d'apprendre tout ce que tu pourras sur son compte.... mets des espions sur ses traces... As-tu de l'argent Gave ? as-tu de l'argent ?... voilà cent guinées, qu'il n'en reste pas une demain, et que je sache tout.... Amoureux, moi ?... Wilson qu'en dis-tu ?... Cependant il est certain que j'ai senti, en voyant cette fille, un pressentiment... Sir Jacques, cette créature céleste aura ma fortune... ou ma vie. —

A 2

Sir Jacques : la fortune soit, mais pour la vie… je ne crois pas que tu sois d'humeur à mourir pour une femme. — *Granwel :* non… Et milord prononçant ce mot, frissonna involontairement… puis reprenant… Tout cela sont des façons de parler, mon ami, on ne meurt point pour ces animaux-là, mais il y en a en vérité qui remuent l'âme des hommes d'une façon bien extraordinaire!… Holà garçons, qu'on apporte du vin de Bourgogne; ma tête s'échauffe, et je ne la calme jamais qu'avec ce vin là.— *Wilson :* serait-il vrai milord que tu te sentis capable de faire la folie de troubler les amours de ce pauvre Williams ? — *Granwel :* que m'inporte Williams ? que m'importe toute la terre? Apprends mon ami que quand ce cœur de feu conçoit une passion, il n'est aucun obstacle qui puisse l'empêcher de se satisfaire; plus il en naît, plus je m'irrite ; la possession d'une femme n'est jamais flatteuse pour moi, qu'en raison de la multitude de freins que j'ai brisé pour l'obtenir.C'est la chose du monde la plus

médiocre que la possession d'une femme,
mon ami; qui en a eu une, en a eu cent:
la seule manière d'écarter la monotonie
de ces triomphes insipides, est de ne les
devoir qu'à la ruse, et c'est sur les débris
d'une foule de préjugés vaincus qu'on
peut y trouver quelques charmes. ––
Wilson : ne vaudrait-il pas mieux essayer de plaire à une femme... tâcher
d'obtenir ses faveurs des mains de l'a-
mour, que de la devoir à la violence ?––
Granwel : ce que tu dis là serait bon,
si les femmes étaient plus sincères; mais
comme il n'y en a pas une seule au
monde qui ne soit fausse et perfide, il
faut agir avec elles comme l'on fait avec
les vipères qui s'employent dans la mé-
decine... retrancher la tête pour avoir
le corps... prendre à tel prix que ce
soit, le peu de bon de leur physique,
en contraignant si bien le moral, qu'on
n'en puisse jamais sentir les effets. ––
Sir Jacques : voilà des maximes que
j'aime.–– *Granwel :* sir Jacques est mon
élève, et j'en ferai quelque jour un sujet... mais voici Gave qui revient, écou-

tons ce qu'il va nous dire... et Gave s'asséyant après avoir bu un verre de vin... votre déesse est partie, dit-il à Granwel, elle est montée dans un carrosse de remise avec Williams et lady Stralson, et on a dit au cocher dans Cecil Stret. — *Granwel :* comment si près de chez moi ?... as-tu fais suivre ? — *Gave :* j'ai trois hommes après.... trois des plus déliés coquins qui soient jamais échappé de Newgate. (1)— *Granwel :* eh bien Gave ! est-elle jolie ? — *Gave :* c'est la plus belle personne qu'il y ait à Londres... Stanley... Stafford... Tilner... Burcley, tous l'ont suivie, tous l'ont entourée, tous sont convenu qu'il n'existait pas dans les trois royaumes une fille qui l'a valu. — *Granwel* vivement : as-tu entendu quelque chose d'elle ?... a-t-elle parlé ?... le son flatteur de sa voix a-t-il pénétré tes organes ?... as-tu respiré l'air qu'elle venait d'épurer ?... Eh parle !... parle donc mon ami, ne vois-tu donc pas que la tête

---

(1) Prison de Londres.

m'en tourne... qu'il faut qu'elle soit à
moi, ou que je quitte à jamais l'Angleterre.— *Gave* : je l'ai entendu, mylord...
elle a parlé, elle a dit à Williams qu'il
faisait bien chaud au ranelagh, et qu'elle
aimait mieux se retirer que de s'y pro-
mener plus long-tems. — *Granwel* : et
ce Williams ? — *Gave* : il a l'air de lui
être fort attaché... il la dévorait des
yeux... on eut dit que l'amour l'enchaînait sur ses pas. — *Granwel* : c'est un
scélérat que je déteste, et je crains bien
que les circonstances me forcent à me
défaire de cet homme là.... Sortons
mes amis, Wilson, je te remercie de tes
renseignemens, garde-moi le secret,
ou je répands dans tout Londres, ton
intrigue avec lady Mortmart; et toi sir
Jacques je te donne rendez-vous demain
au parc pour aller ensemble chez cette
petite danseuse de l'opéra... Que dis-je ?
non, je n'irai pas... je n'ai plus qu'une
idée dans la tête... il n'y a plus que
miss Stralson au monde qui puisse m'occuper, je n'ai de regards que pour elle,
je n'ai plus d'âme que pour l'adorer....

Toi Gave tu viendras demain dîner avec
moi avec ce que tu auras pu recueillir
sur cette fille céleste.... unique arbitre
de mes destinées.... Adieu mes amis.

Mylord s'élance dans sa voiture, et
vole au coucher du roi, où l'appelaient
les devoirs de sa charge.

Rien de plus exact que le peu de détails donnés par Wilson sur la beauté qui
tournait la tête de Granwel.

Miss Henriette Stralson, née à Herreford, venait effectivement pour voir Londres, qu'elle ne connaissait pas, pendant
que Williams terminait ses affaires, et
tous s'en retournaient ensuite dans leur
patrie, où l'hymen devait couronner
leurs vœux.

Il n'était pas très-surprenant, au reste,
que miss Straslon eût tout réuni en sa
faveur au Ranelagh, quand à une taille
enchanteresse, aux yeux les plus doux
et les plus séduisans, aux plus beaux
cheveux du monde, aux traits les plus
fins, les plus spirituels et les plus déli-
licats, on joint un son de voix délicieux, beaucoup d'esprit, de gentillesse;

de vivacité, modéré par un air de pudeur et de vertu, qui rendent ces grâces encore plus piquantes.... et tout cela à dix-sept ans, nécessairement on doit plaire ; aussi Henriette avait-elle fait une sensation prodigieuse, et n'était-il question que d'elle dans Londres.

A l'égard de Williams, c'était ce qu'on appelle un honnête garçon, bon, loyal, sans art comme sans fausseté, adorant Henriette depuis son enfance, mettant tout son bonheur à la posséder un jour, et ayant, pour y prétendre, des sentimens sincères, un bien assez considérable, si son procés se gagnait, une naissance un peu inférieure à celle de miss, mais cependant honnête, et une figure très-agréable.

Lady Stralson était aussi une excellente créature, qui regardant sa fille comme le bien le plus précieux qu'elle eût au monde, l'aimait en véritable mère de province ; car tous les sentimens se dépravent dans les capitales ; à mesure qu'on en respire l'air empesté, les vertus se déterriorent, et comme la corruption

A 5

est générale, il faut en sortir, ou se gan-
grener.

Granwel fort échauffé de vin et d'a-
mour, ne fut pas plutôt dans l'anti-cham-
bre du roi, qu'il sentît bien qu'il n'était
pas en état de se présenter; il revint chez
lui, ou au-lieu de dormir, il se livra aux
projets les plus fous et les plus extrava-
gans, pour posséder l'objet de ses transports. Après en avoir trouvé et rejeté
tour-à-tour cent, tous plus atroces les
uns que les autres, celui auquel il s'arrêta, fut de brouiller Williams et Henriette, de tâcher, s'il était possible, de
susciter à ce Williams de telles affaires,
qu'il lui devint impossible de s'en tirer
de long-temps, et de saisir pendant tout
cela, ce que le hazard lui offrirait de
momens auprès de sa belle, pour la
déshonorer dans Londres même, ou pour
l'enlever et la conduire dans une de ses
terres, sur les confins de l'Ecosse, où
maître absolu d'elle, rien ne pût l'empêcher d'en faire ce qu'il voudrait. Ce
projet suffisamment garni d'atrocités,
devint, par cela seul, celui qui convint

le mieux au perfide Granwel, et, en conséquence, dès le lendemain, tout fut mis en œuvre pour le faire réussir.

Gave était l'ami intime de Granwel; doué de sentimens bien plus bas encore, Gave remplissait auprès de mylord cet emploi si commun de nos jours, qui consiste à servir les passions des autres, à multiplier leurs débauches, à s'enrichir de leurs folies, tout en se déshonorant soimême. Il ne manqua pas au rendez-vous du lendemain; mais le peu d'instruction qu'il put donner ce jour-là, fut seulement que lady Stralson et sa fille étaient logées, comme on l'avait dit, dans Cecil-Stret, chez une de leurs parentes, et que Williams demeurait à l'hôtel de Pologne, dans Covent Garden. Gave, dit mylord, il faut que tu me répondes de ce Williams, il faut que sous le nom et sous le costume d'un écossais, tu arrives demain dans un bel équipage au même hôtel de ce faquin, que tu fasses connaissance avec lui.... que tu le voles... que tu le ruines; pendant ce temps-là, j'agirai près des femmes, et tu verras,

A 6

mon ami, comme en moins d'un mois,
nous allons troubler tous les honnêtes
petits arrangemens de ces vertueux cam-
pagnards.

Gave se garda bien de trouver aucun
inconvénient aux projets de son patron;
l'aventure exigeait beaucoup d'or, et il
était clair que plus mylord en dépense-
rait, et plus l'exécution deviendrait lu-
crative pour le ministre infâme des ca-
prices de ce scélérat. Il se prépare donc
à agir, pendant que mylord, de son côté,
place avec soin autour d'Henriette une
foule d'agens subalternes, qui doivent
lui rendre un compte exact des moindres
pas de cette fille charmante.

Miss Henriette était logée chez une
parente de sa mère, veuve depuis dix
ans, et qu'on nommait lady Wateley.

Enthousiasmée d'Henriette, qu'elle
ne connaissait pourtant que depuis le séjour de cette jeune personne dans la capitale, lady Wateley ne négligeait rien de
tout ce qui pouvait y faire paraître avec
éclat l'objet de son attachement et de
son orgueil; mais cette aimable cousine,

retenue depuis quinze jours dans sa chambre par une fluxion, non-seulement n'avait pu être de la dernière partie du Ranelagh, mais se voyait même privée du plaisir d'accompagner sa cousine à l'Opéra, où l'on devait aller le lendemain.

Aussi-tôt que Granwel fut instruit de ce projet de spectacle par les espions placés près de sa maîtresse, il ne manqua pas d'en vouloir tirer parti; de plus amples informations lui apprennent qu'on se servira d'une voiture de remise, lady Wateley ayant besoin de ses chevaux pour envoyer prendre son médecin. Granwel vole aussi-tôt chez le maître du carrosse, qui doit être loué à Henriette, et obtient facilement qu'une roue de ce carosse se brisera à trois ou quatre rues de distance du point où doivent partir ces dames, et sans réfléchir qu'un tel accident peut coûter la vie à celle qu'il chérit; uniquement occupé de son stratagême, il en paie largement l'exécution, et revient tout joyeux chez lui, d'où il repart à l'heure juste où l'on lui apprend

qu'Henriette doit sortir, en ordonnant
au cocher qui le conduit, d'aller attendre
aux environs de Cecil-Stret, qu'un carrosse de telle et telle manière sorte de
chez lady Wateley, de suivre immédiate-
ment cette voiture dès qu'il la verra, et
de ne se laisser couper par aucune autre.

Granwel se doutait bien qu'en sortant
de chez lady Wateley, les dames iraient
prendre Williams à l'hôtel de Pologne.
On n'y manqua pas; mais on ne fut pas
loin sans aventure; la roue casse.... les
femmes crient.... un des laquais se brise
un membre, et Granwel, à qui tout est
égal pourvu qu'il réussisse, joint aussi-
tôt la voiture fracassée, saute en bas de
la sienne, et présente la main à lady Stralson, pour lui proposer les secours que
son équipage lui offre. En vérité, mylord, vous êtes bien bon, répond celle-ci;
ces carrosses de louages sont affreux à
Londres, on n'y va point sans courir les
risques de sa vie, il devrait y avoir des
ordres pour remédier à ces inconvéniens.
— *Granwel* : vous trouverez bon que je
ne m'en plaigne pas, madame, puisqu'il

me paraît que ni vous, ni la jeune personne qui vous accompagne, n'avez
éprouvé d'accident, et que j'y gagne
l'avantage précieux pour moi de vous
être bon à quelque chose. — *Lady Stralson :* vous êtes trop serviable, mylord....
mais mon laquais me paraît mal, cet
évènement me fâche. Et le lord faisant
aussi-tôt appeler des porteurs, ordonne
qu'on y dépose le valet blessé.... Les
dames le renvoyent ; on monte dans
l'équipage de Granwel, et l'on vole à
l'hôtel de Pologne.

On ne se peint point l'état du lord,
dès qu'il se trouve auprès de celle qu'il
aime, et que la circonstance qui l'en
rapproche ressemble à un service rendu :

Miss va sans doute faire une visite à
quelqu'étrangère de l'hôtel de Pologne,
dit-il à Henriette, dès que la voiture fut
en marche ? C'est bien plus qu'une visite
à une étrangère, mylord, dit lady Stralson avec candeur, c'est un amant......
c'est un mari que l'on va voir. — *Granwel :* quel eût été le chagrin de miss, si

cet accident eût retardé le plaisir qu'elle se promet, et combien je me félicite davantage du bonheur d'avoir pu la servir. — *Miss Stralson :* mylord est trop bon de s'occuper de nous, nous sommes au désespoir de le déranger, et ma mère me permettra de lui dire que je crains que nous n'ayons fait une indiscrétion. — *Granwel :* ah! miss, que vous êtes injuste de regarder ainsi le plus grand plaisir de ma vie; mais si j'ose moi-même commettre une indiscrétion, ma voiture ne vous sera-t-elle pas nécessaire pour continuer les courses de votre après-midi? et dans ce cas, serais-je assez heureux pour que vous voulussiez bien l'accepter? — *Miss Stralson :* ce serait une hardiesse trop grande de notre part, mylord, nous nous destinions à l'opéra, mais nous passerons la soirée chez l'ami que nous allons voir. — *Granwel :* c'est me payer bien mal du service avoué par vous, que de me refuser la permission de le continuer, ne vous privez point, je vous conjure, du plaisir sur

lequel vous comptez; *Mélico* (1) chante
aujourd'hui pour la dernière fois, il serait affreux de perdre cette occasion de
l'entendre; ne supposez d'ailleurs aucun
dérangement pour moi dans l'offre que
je vous fais, puisque je vais moi-même
à ce spectacle, il ne s'agit donc que de
me permettre de vous y accompagner.

Il eut été malhonnête à lady Stralson
de refuser Granwel, aussi ne le fit-elle
point, et l'on arriva à l'hôtel de Pologne :
Williams attendait ces dames; Gave ne
devant commencer son rôle que le lendemain, quoiqu'il fût arrivé ce jour-là
même à l'hôtel, ne se trouvait point
encore avec lui, moyennant quoi notre
jeune homme était seul quand ses amies
arrivèrent, il les reçut de son mieux,
combla le lord d'honnêtetés et de remer-
ciemens; mais l'heure pressant, on se
rendit à l'opéra; Williams donna la main
à lady Stralson, et par cet arrangement
dont s'était bien douté Granwel, il fut
à portée d'entretenir la jeune miss, à

_____

(1) Célèbre castra italien.

laquelle il trouva un esprit infini, des
connaissances étendues, un goût déli-
cat, et tout ce qu'il aurait peut-être eu
bien de la peine à rencontrer dans une
fille du plus haut rang, qui n'aurait
jamais quitté la capitale.

Granwel après le spectacle ramena
les deux dames dans Cecil-Stret, et
lady Stalson n'ayant eu lieu que de se
louer de lui, l'invita d'entrer chez sa
parente. Lady Wateley qui ne connaissait Granwel que très-imparfaitement,
le reçut néanmoins à merveille; elle
l'engagea à souper, mais le lord trop
adroit pour se jeter ainsi à la tête, pré-
texta une affaire importante, et se retira
mille fois plus embrâsé que jamais.

Un caractère comme celui de Granwel n'aime pas communément à languir,
les difficultés l'irritent; mais celles qui
ne peuvent se vaincre, éteignent les passions dans une telle âme au lieu de les
enflammer; et comme il faut à ces sortes
d'individus un aliment perpétuel, l'objet
changerait sans doute, si l'idée du
triomphe s'anéantissait sans espoir.

Granwel vit bien que, tout en travaillant à brouiller Williams avec sa maîtresse, comme ce procédé pouvait être long, il devait s'occuper d'ailleurs à désunir cette charmante fille avec sa mère, bien certain qu'il ne viendrait jamais à bout de son plan, tant qu'elles seraient ensemble. Une fois introduit dans la maison de lady Wateley, il lui paraissait impossible, en joignant encore à cela le secours de ses agens, qu'aucune démarche d'Henriette pût venir à lui échapper. Ce nouveau projet de désunion l'occupa donc uniquement.

Trois jours après l'aventure de l'opéra, Granwel fut s'informer de la santé de ces dames, mais il fut bien étonné quand il vit lady Stralson arriver seule au parloir, et excuser sa parente sur l'impossibilité où elle se trouvait de l'engager de monter. Un prétexte de santé s'allégua, et tout piqué qu'était Granwel il n'en montra pas moins de l'intérêt pour l'état de la maîtresse du logis; mais il ne put tenir à s'informer d'Henriette; lady Stralson lui répondit, qu'un peu

saisie de la chûte, elle n'était pas sortie
de sa chambre depuis l'autre jour, et au
bout d'un instant le lord en demandant
permission de revenir, se retira fort
mécontent de sa journée.

Cependant Gave avait déjà fait connaissance avec Williams, et le lendemain de la fâcheuse visite du lord chez
lady Wateley, il vint rendre compte
de ses opérations. J'ai plus avancé vos
affaires que vous ne le croyez, mylord,
dit-il à Granwel; j'ai vu Williams et des
gens d'affaires parfaitement au fait de
ce qui le concerne; la succession qu'il
attend, cette succession composant la
fortune qu'il espére offrir à Henriette,
est très-susceptible d'être chicanée; il y
a dans Herreford un parent plus près
que lui, et qui ne se doute pas de ses
droits; il faut écrire à cet homme d'arriver sur-le-champ, le protéger quand il
sera ici.... le mettre en possession de
l'héritage, et pendant ce temps-là j'é-
puiserai la bourse de l'insolent individu
qui ose se déclarer votre rival. Il s'est
livré à moi avec une candeur tout-à-

fait digne de son âge, il m'a déjà fait
part de ses amours; il a été jusqu'à me
parler de vous..... des bontés que vous
aviez eues pour sa maîtresse l'autre jour;
le voilà pris, je vous l'assure, vous pouvez me charger seul de cette besogne,
je vous réponds que la dupe est à nous.

Ces nouvelles me dédommagent un
peu, dit le lord, de ce qui m'arriva de
fâcheux hier, et il raconta à son ami
la façon dont il avait été reçu chez lady
Wateley. Gave, continua-t-il, je suis
perdu d'amour, tout ceci prend une
tournure bien longue, il m'est impossible de contraindre jusques-là le desir
violent que j'ai de posséder cette fille....
Ecoute mon nouveau projet, écoute-le,
mon ami, et exécute-le sur-le-champ;
témoigne à Williams l'envie que tu aurais de connaître celle qu'il adore, et
que dans l'impossibilité où tu es de l'aller
chercher chez une femme que tu ne
connais pas, il faut qu'il prétexte une
indisposition, et qu'il engage vivement sa
maîtresse de se servir d'une chaise à por-
teur pour venir promptement chez lui...

travailles à cela Gave..... travailles-y,
sans négliger le reste, et laisse-moi agir
d'après tes opérations.

Gave, le plus adroit de tous les frip-
pons de l'Angleterre, réussit tellement
à son entreprise, que sans perdre le
grand projet de vue, et tout en faisant
écrire au chevalier Clark, second héritier de la tante de Williams de venir au
plutôt à Londres, il obtient de son ami
de voir Henriette, et précisément de la
façon qu'avait proposé Granwel. Miss
Stralson est avertie de l'incommodité de
son amant; elle lui mande que sous le
prétexte de faire quelques emplettes,
elle trouvera un moment pour l'aller
voir; et dans l'instant on avertit des
deux côtés mylord, que le mardi suivant à quatre heures du soir miss Henriette sortira seule en chaise pour se rendre dans Covent-Garden.

« O toi que j'idolâtre, s'écria Granwel au comble de la joie, pour le coup
tu ne m'échapperas point; quelques
violens que soient les moyens dont j'use
pour te posséder, consolé par ta jouis-

sance, ils ne me donnent point de remords... des remords... ces mouvemens
sont-ils donc connus d'un cœur tel que
le mien? depuis long-temps l'habitude
du mal, les éteignit dans mon âme en-
durcie. Foule de beautés séduites comme
Henriette... trompées comme elle, aban-
données comme elle... allez lui dire si
je fus ému de vos pleurs, si vos combats
m'effrayèrent, si votre honte m'atten-
drit...... si vos attraits me retinrent....
Eh bien !... c'en est une de plus sur la
liste des illustres victimes de mes débauches ; et de quel usage serait donc
les femmes, si ce n'était pour cela seul?...
Qu'on me prouve que la nature les a
créé pour autre chose. Laissons aux sots
la ridicule manie de les ériger en déesses;
c'est avec ces principes débonnaires, que
nous les rendons insolentes, nous voyant
mettre autant de prix à leur futile possession ; elles se croyent en droit d'y en
supposer aussi, et de nous faire perdre
en lamentations romanesques un temps
qui n'est destiné qu'au plaisir..... Ah !
que dis-je, Henriette... un seul trait de

tes yeux de flamme, détruira ma philosophie, et je tomberai peut-être à tes
genoux, tout en jurant de t'offenser...
Qui, moi! je connaîtrais l'amour... loin...
loin ce sentiment vulgaire... s'il y avait
une femme dans le monde qui pût me le
faire éprouver, j'irais je crois lui brûler
la cervelle, plutôt que de plier sous son
art infernal. Non... non, sexe faible et
trompeur... non, n'espère jamais de m'enchaîner, j'ai trop joui de tes plaisirs, pour
qu'ils puissent m'imposer encore ; c'est à
force d'irriter le dieu, qu'on apprend à
briser le temple, et quand on veut ab-
sorber le culte, on ne saurait trop multiplier les outrages ».

Granwel après ces réflexions, bien
dignes d'un scélérat tel que lui, envoye
sur-le-champ louer toutes les chaises
dés environs de Cecil-Stret. Il établit
ses valets dans tous les carrefours, pour
ne laisser approcher du logis de lady
Wateley aucunes de celles qui pourraient venir chercher des maîtres, et
il en poste une à lui, guidée par deux
porteurs dont il est sûr, avec l'ordre de
conduire

conduire Henriette dès qu'il la tien-
dront, près du parc St.-James, chez une
madame Schmit dévouée depuis vingt
ans aux aventures secrétes de Granwel,
et qu'il avait eu soin de prévenir : Henriette sans s'inquiéter, ne doutant pas
de la fidélité des gens publics dont elle
croit se servir, se place dans la chaise
qu'on lui offre, enveloppée d'une mante;
elle ordonne qu'on la mène à l'hôtel de
Pologne, et ne connaissant pas les rues,
aucun soupçon durant le trajet ne vient
la troubler une minute. Elle arrive où
l'attend Granwel. Les porteurs bien ins-
truits pénétrent dans l'allée de la maison
de la Schmit, et n'arrétent qu'à la porte
d'une salle basse. On ouvre...... quelle
est la surprise d'Henriette, quand elle
se voit dans une maison inconnue, elle
fait un cri, elle se jette en arrière, elle
dit aux porteurs qu'ils ne l'ont point
conduite où elle l'avait ordonné...Miss,
dit Granwel en s'avançant aussi-tôt,
quelles grâces ne dois-je pas rendre au
ciel, de ce qu'il me met une seconde fois à
même de vous être utile ; je reconnais à

Tome II. B

vos discours, je vois à l'état de vos porteurs, et qu'ils sont ivres, et qu'ils se
sont trompés ; n'est-il pas heureux dans
cette circonstance que ce soit chez lady
Edward ma parente, que ce léger accident vous arrive; donnez-vous la peine
d'entrer, miss, renvoyez ces coquins
avec lesquels votre vie n'est pas en sû-
retez, et permettez aux valets de ma
cousine, d'aller vous chercher des gens
sûrs.

Il était difficile de refuser une proposition comme celle-là : Henriette n'avait
vu mylord qu'une fois, elle n'avait pas
eu à s'en plaindre, elle le retrouvait à
l'entrée d'une maison dont les appartemens ne lui présageaient rien que d'honnête ; à supposer même qu'il y eût eu
quelques dangers à accepter ce qu'on
lui proposait, n'y en avaient-ils pas davantage à rester dans les mains de gens
ivres, et qui, déjà piqués des reproches
que leur adressait Henriette, se propo-
saient de la laisser là ? Elle entre donc
en demandant un million d'excuses à
Granwel; le lord congédie lui-même les

porteurs; il a l'air de donner des ordres
à quelques valets d'en aller chercher
d'autres, miss Stralson pénètre au fond
des appartemens où la conduit la maîtresse du lieu, et quand elle est arrivée
dans un salon charmant, la prétendue
lady s'incline, et dit à Granwel d'un air
effronté : bien du plaisir mylord, en vérité je ne vous l'aurais pas donné plus
jolie. Ici Henriette frémit, ses forces
sont prêtes à l'abandonner, elle sent
toute l'horreur de sa position, mais elle
a la force de se contenir... sa sûreté en
dépend; elle s'arme de courage. Que si-
gnifient ces propos, madame, dit-elle
en saisissant le bras de la Schmit, et
pour qui me prend-on ici ? Pour une
fille charmante miss, répond Granwel,
pour une créature angélique, qui dans
l'instant, je l'espère, va rendre le plus
fortuné des hommes, le plus amoureux
des amans. Mylord, dit Henriette en ne
lâchant jamais la Schmit, je vois bien
que mon imprudence me fait dépendre
de vous; mais j'implore votre justice; si
vous abusez de ma situation, si vous me

forcez à vous détester, vous ne gagnerez
sûrement pas autant, qu'aux sentimens
où vous m'aviez laissé pour vous. —
Adroite miss tu ne me séduiras, ni par
ta figure enchanteresse , ni par l'art inconcevable qui t'inspire en ce moment-
ci , tu ne m'aimes , ni ne saurais m'aimer, je ne prétends pas à ton amour,
je connais celui qui t'enflamme, et me
crois plus heureux que lui ; il n'a qu'un
sentiment frivole que je n'obtiendrais
jamais de toi... J'ai ta délicieuse personne qui va plonger mes sens dans le
délire.—Arrêtez mylord on vous trompe,
je ne suis point la maîtresse de Williams,
on me donne à lui , sans que mon cœur
y consente ; il est libre ce cœur, il peut
vous aimer comme il peut en aimer un
autre, et il vous haïra certainement, si
vous voulez ne devoir qu'à la force, ce
qu'il ne tient qu'à vous de mériter. —
Tu n'aimes point Williams, d'où vient
allais-tu chez cet homme, si tu ne l'aimes
pas ? Crois-tu que j'ignore que tu ne te
rendais chez lui que parce que tu le
croyais malade. — Soit, mais je n'y au-

rais point été, si ma mère ne l'eût voulu,
informez-vous, je n'ai fait qu'obéir....
— Artificieuse créature!... — O mylord
rendez-vous au sentiment que je crois lire
à présent dans vos yeux... Soyez généreux, Granwel, ne me contraignez point
à vous haïr, quand il ne tient qu'à vous
d'être estimé. — De l'estime?... — Juste
ciel! aimeriez-vous donc mieux de la
haîne? — Ce ne serait qu'un sentiment
plus ardent, qui pourrait m'attendrir
pour toi.— Connaissez vous donc assez
mal le cœur d'une femme pour ignorer
ce qui peut naître de la reconnaissance?
Renvoyez-moi, mylord, et vous saurez
un jour si Henriette est une ingrate,
si elle était digne ou non d'avoir obtenu
votre pitié! — Qui moi de la pitié? de
la pitié pour une femme? dit Granwel
en la séparant de la Schmit...moi manquer la plus belle occasion de ma vie et
me priver du plus grand des plaisirs
pour t'épargner un moment de peine!...
et pourquoi le ferais-je? approche sirène, approche, je ne t'écoute plus... et
en prononçant ces mots, il arrache le

mouchoir qui couvre le beau sein d'Henriette, et le fait voler au bout de la
chambre. Bonté du ciel, s'écrie miss en
se jetant aux pieds du lord, ne permettez
pas que je devienne la victime d'un
homme qui veut me contraindre à le détester... ayez pitié de moi mylord, ayez
en pitié je vous conjure, que mes larmes puissent vous attendrir, et que la
vertu soit encore écoutée de votre cœur,
n'accablez pas une malheureuse qui n'est
coupable de rien envers vous, à laquelle
vous aviez inspiré de la reconnaissance,
et qui n'en serait peut être pas demeu-
rée là .... et en disant ces mots, elle
était à genoux aux pieds du lord, ses
bras élevés vers le ciel.... des larmes
inondaient ses belles joues qu'animaient
la crainte et le désespoir, et retom-
baient sur son sein découvert, mille fois
plus blanc que l'albâtre. Où suis-je, dit
Granwel éperdu ! Quel sentiment indis-
cible vient troubler toutes les facultés
de mon existence ! Où as tu pris ces
yeux qui me désarment ? Qui t'a prêté
cette voix séductrice, dont chaque son

amollit mon cœur ; es-tu donc un ange
céleste ? ou n'es-tu qu'une créature
humaine, parle, qui es-tu ? Je ne me
connais plus, je ne sais plus ni ce que
je veux, ni ce que je fais; toutes mes
facultés anéanties dans toi-même, ne
me laissent plus former que tes vœux...
Levez-vous, miss, levez-vous, c'est à moi
de tomber aux pieds du dieu qui m'en-
chaîne ; levez-vous, votre empire est
trop bien établi, il devient impossible...
absolument impossible qu'aucun desir
impur puisse l'ébranler dans mon âme...
et lui rendant son mouchoir , tenez,
cachez-moi ces charmes qui m'enivrent;
je n'ai besoin d'augmenter par rien le
délire où tant d'attraits viennent de me
plonger. Homme sublime, s'écria Henriette en pressant une des mains du lord,
que ne méritez-vous pas pour une aussi
généreuse action ? — Ce que je veux mériter, miss, c'est votre cœur, voilà le seul
prix où j'aspire ; voilà le seul triomphe
qui soit digne de moi. Rappellez-vous
éternellement que je fus maître de votre
personne, et que je n'en abusai pas...

et si ce trait ne m'obtient pas de vous
les sentimens que j'en exige, souvenez-
vous que je serai en droit de me venger,
et que la vengeance est un sentiment
terrible dans une âme comme la mienne.
Asseyez-vous miss, et écoutez-moi...
Vous m'avez donné de l'espérance, Henriette, vous m'avez dit que vous n'aimiez pas Williams, vous m'avez laissé
croire que vous pourriez m'aimer...
Voilà les motifs qui m'arrêtent... voilà
ceux auxquels vous devez la victoire,
j'aime mieux mériter de vous ce qu'il
ne tiendrait qu'à moi d'arracher ; ne me
faites pas repentir de la vertu, ne me
contraignez pas à dire, que ce n'est qu'à
la fausseté des femmes qu'est due la
perfidie des hommes, et que si elles
étaient toujours avec nous comme elles
le doivent, nous serions sans cesse à
notre tour comme elles desirent que
nous soyons. Mylord, répondit Henriette,
il est impossible que vous puissiez vous
dissimuler que dans cette malheureuse
aventure, le premier tort est de votre
côté; de quel droit avez-vous cherché à

troubler mon repos? Pourquoi me fai-
tes-vous mener dans une maison inconnue, lorsque me confiant à des hommes publics, j'imagine qu'ils me con-
duiront où je leur ordonne? D'après
cette certitude mylord, est-ce à vous
de me donner des loix? ne me devriez-
vous pas des excuses, au lieu de m'imposer des conditions?... (et voyant
Granwel faire un geste de méconten-
tement...) Néanmoins permettez mylord, reprit-elle avec vivacité, permettez que je m'explique: ce premier tort
qu'excuse si vous voulez, l'amour que
vous prétendez ressentir, vous le répa-
rez par le sacrifice le plus généreux,
le plus noble... Je dois vous en savoir
gré sans doute, je vous l'ai promis, je
ne m'en dédis pas; venez chez mes parens, mylord, je les engagerai à vous
traiter comme vous le méritez, l'habitude de vous voir ranimera sans cesse
dans mon cœur, les sentimens de reconnaissance que vous y avez fait
éclore; espérez tout de là, vous me
mésestimeriez si je vous en disais da-

B 5

vantage. — Mais comment allez-vous
raconter cette aventure à vos amis? —
Comme elle doit l'être... comme une
méprise des porteurs, qui par un hasard fort singulier, m'a fait retomber
une seconde fois dans les mains de celui
qui, m'ayant déjà rendu service, s'est
trouvé fort aise de l'occasion qui le mettait à même de m'en rendre un nouveau.
— Et vous me protestez, miss, que vous
n'aimez pas Williams ? — Il m'est impossible d'avoir de la haîne pour un
homme qui n'a jamais eu que de bons
procédés pour moi ; il m'aime, je n'en
puis douter, mais le choix est de ma
mère et rien ne m'empêche de le ré-
voquer. Puis se levant ; me permettez-
vous mylord, continua-t-elle, de vous
supplier de me faire avoir des porteurs ;
une plus longue entrevue, en me rendant suspecte, nuirait peut-être à ce que
je vais dire ; renvoyez-moi mylord, et
ne tardez pas à venir voir celle, que
vos bontés pénètrent de reconnaissance,
et qui vous pardonne un projet barbare
en faveur de la manière pleine de sa-

gesse et de vertu, dont vous voulez le
lui faire oublier. Cruelle fille, dit le lord
en se levant aussi,... oui je vais vous
obéir... mais je compte sur votre cœur,
Henriette... j'y compte... Souvenez-
vous que mes passions trompées me portent au désespoir... je me servirai des
mêmes expressions que vous... Ne me
forcez pas à vous haïr, il y eut eu peu
de dangers à ce que vous y eussiez été
contrainte vis-à-vis de moi, il y en aurait d'énormes, si vous m'y réduisiez
vis-à-vis de vous. — Non mylord, non
jamais je ne vous forcerai à me haïr,
j'ai plus d'orgueil que vous ne m'en supposez, et je saurai toujours me conserver des droits à votre estime. A ces
mots Granwel demande des porteurs:
il y en avait fort près de là.....
on les annonce, et le lord prenant la
main d'Henriette.... Fille angélique,
lui dit-il en la conduisant, n'oublie
pas que tu viens de remporter une victoire à laquelle nulle autre femme que
toi n'aurait osé prétendre ... un triomphe
que tu ne dois qu'aux sentimens que tu

m'inspires... et que si jamais tu trompes
ces sentimens, ils se remplaceront par
tous les crimes que la vengeance pourra
me dicter. Adieu mylord, répondit Henriette en entrant dans sa chaise, ne vous
repentez jamais d'une belle action, et
croyez que le ciel et toutes les âmes justes
vous en devront la récompense. Granwel se retire chez lui dans une agitation
inexprimable, et Henriette rentre chez
sa mère dans un tel trouble qu'on crut
qu'elle allait s'évanouir.

En réfléchissant sur la conduite de
miss Stralson, on démêle aisément, sans
doute, qu'il n'était entré que de l'art et
de la politique dans tout ce qu'elle avait
dit à Granwel, et ces ruses, peu faites
pour son âme naïve, elle se les était
cru permises pour échapper aux dangers
qui la menaçaient ; nous ne redoutons
point qu'en agissant ainsi, cette intéressante créature soit dans le cas d'être blâ-
mée de personne ; la vertu la plus épurée
contraint par fois à quelques écarts. Arrivée chez elle, et n'ayant plus aucun
motif de feindre, elle raconta à ses pa-

rentes tout ce qui venait de lui arriver;
elle ne déguisa ni ce qu'elle avait dit
pour échapper, ni les engagemens que,
dans les mêmes vues, elle avait été for-
cée de prendre. Excepté l'imprudence
d'avoir voulu sortir seule, rien de ce qu'a-
vait fait Henriette ne fut désapprouvé;
mais ses amies s'opposèrent à l'exécution
des paroles qu'elle avait données. On dé-
cida que miss Stralson éviterait par-tout
le lord Granwel avec le plus grand soin,
et que la porte de lady Wateley serait
exactement fermée aux tentatives de cet
impudent. Henriette crut devoir représenter qu'une telle manière d'agir fâche-
rait infiniment un homme, dont le désespoir pourrait être funeste, qu'au fait,
s'il avait commis une faute, il l'avait réparé
en galant homme, et qu'elle croyait que
d'après cela, il valait mieux l'accueillir
que de l'irriter. Elle crut pouvoir répondre que ce serait également l'opinion
de Williams; mais les deux parentes ne
se départirent point de la leur, et les
ordres furent donnés en conséquence.

Cependant Williams qui avait attendu

toute la soirée sa maîtresse, impatient de ne la point voir venir, quitta le chevalier O-Donel, c'était le nom que s'était donné Gave en arrivant à l'hôtel de Pologne; il le pria de permettre qu'il fût lui-même apprendre la cause d'un retard qui l'inquiétait si cruellement. Il arriva chez lady Wateley une heure après le retour d'Henriette. Celle-ci pleura en le voyant.... elle lui prit la main, et lui dit avec tendresse.... Mon ami, de combien il s'en est peu fallu que je ne fus plus digne de toi. Et comme elle avait la liberté de causer seule tant qu'elle le voulait avec un homme, que sa mère regardait déjà comme un gendre, on les laissa raisonner ensemble sur tout ce qui venait d'arriver.

O miss! s'écria Williams dès qu'il eut tout appris, et c'était pour moi que vous alliez vous perdre.... et pour me procurer un instant de satisfaction, vous alliez vous rendre la plus malheureuse des créatures.... Oui, miss, pour une fantaisie, il faut vous l'avouer, je n'étais point malade; un ami desirait de vous voir, et je voulais jouir à ses yeux du bonheur de posséder la tendresse d'une aussi belle femme. Voilà tout le mystère, Henriette; voyez combien je suis doublement coupable. Laissons cela, mon ami, répondit miss Stralson, je te retrouve, tout est oublié. Mais conviens-en, Williams, ajouta-t-elle, en laissant ses regards porter le feu le plus doux dans l'âme de celui qu'elle adorait, conviens-en, je ne t'aurais jamais revu, si ce désastre m'était arrivé? tu n'aurais plus voulu de la victime d'un tel homme, et j'aurais eu avec ma propre douleur, le désespoir de perdre ce qui m'est le plus cher au monde? Ne l'imagine pas, Henriette, répartit Williams; il n'est rien sous le ciel qui puisse t'empêcher d'être chère à celui qui met toute sa gloire à te posséder.... O toi! que j'adorerai jusqu'à mon dernier soupir, persuade-toi donc que les sentimens que tu allumes, sont au-dessus de tous les évènemens humains, et qu'il est aussi impossible de ne les avoir pas, qu'il l'est que tu puisses jamais te rendre indigne de les inspirer.

Ces deux amans raisonnèrent ensuite
un peu plus de sang-froid sur cette catastrophe ; ils virent que le lord Granwel
était un ennemi bien dangereux, et que
le parti que l'on prenait, ne servirait
qu'à l'aigrir ; mais il n'y avait pas moyen
de le faire changer, les femmes n'y voulaient pas entendre. Williams parla de
son nouvel ami, et la candeur, la sécu-
rité de ces honnêtes créatures, étaient
telles, qu'il ne leur arriva jamais de
soupçonner que le faux écossais n'était
qu'un agent de mylord ; bien loin de là,
les éloges qu'en fit Williams, inspirèrent
à Henriette le desir de le connaître, et
elle lui sut gré d'avoir fait une bonne connaissance. Mais abandonnons ces êtres
respectables, qui soupèrent ensemble,
se consolèrent, prirent des mesures pour
l'avenir, et se quittèrent enfin ; laissons-
les, dis-je, un moment, pour revenir à
leur persécuteur.

De par l'Enfer et tous les démons qui
l'habitent, dit mylord, à Gave qui vint
le voir dès le lendemain, je suis indigne
du jour, mon ami.... je ne suis qu'un

écolier, je ne suis qu'un sot, te dis-je....
je l'ai tenue dans mes bras.... je l'ai vue
à mes genoux, et je n'ai jamais eu le
courage de la soumettre à mes desirs....
il a été plus fort que moi d'oser l'humilier... Ce n'est point une femme, mon ami,
c'est une portion de la divinité même,
descendue sur la terre pour éveiller dans
mon âme des sentimens vertueux que je
n'avais conçus de ma vie; elle m'a laissé
croire qu'elle pourrait peut-être m'aimer
un jour, et moi.... moi, qui ne pouvais
comprendre que l'amour d'une femme
fut du plus léger prix dans sa jouissance,
j'ai renoncé à cette jouissance certaine,
pour un sentiment imaginaire, qui me
déchire et qui me trouble, sans que je
le conçoive encore.

Gave blâma vivement mylord; il lui fit
craindre d'avoir été le jouet d'une petite
fille; il l'assura que pareille occasion ne
s'offrirait peut-être pas de long temps,
qu'on serait maintenant sur ses gardes...
Oui, souvenez-vous-en, mylord, ajou-
ta-t-il, vous aurez à vous repentir de la
faute que vous venez de commettre, et

votre indulgence vous coûtera cher ;
est-ce un homme comme vous, que quelques pleurs et de beaux yeux doivent
attendrir? et recevrez-vous de cette situation molle où vous avez laissé tomber
votre âme, la dose de volupté obtenue
de cette apathie stoïque dont vous aviez
juré de ne vous écarter jamais? vous
vous repentirez de votre pitié, mylord,
je vous le dis.... sur mon âme, vous vous
en repentirez. Nous le saurons bientôt,
dit mylord; je me présente demain sans
faute chez lady Wateley, j'étudierai cette
adroite miss, je l'examinerai, Gave, je
lirai ses sentimens dans ses regards, et
si elle m'abuse, qu'elle tremble, je ne
manquerai pas de feintes pour la replonger dans mes piéges, et elle n'aura
pas toujours l'art magique d'en échapper
comme elle l'a fait.... Pour toi, Gave,
continue de ruiner ce faquin de Williams; quand le chevalier Clark paraîtra,
adresse-le à sir Jacques; je le préviendrai
de tout, il lui conseillera de poursuivre
la succession qu'on cherche à lui enlever,
et nous le servirons auprés des juges....

Nous en serons quittes pour rompre
tous ces arrangemens, s'il est certain que
je sois aimé de mon ange, ou pour les
presser de la plus vive manière, si l'in-
fernale créature m'a trompé.... mais je
te le répète, je ne suis qu'un enfant, je
ne me pardonnerai jamais la sottise que
j'ai faite.... Cache cette faute à mes
amis, Gave, déguise-là soigneusement;
ils m'accableraient de reproches, et je
les mériterais tous.

On se sépara, et le lendemain, c'est-
à-dire le troisième jour après l'aventure
de chez la Schmit, Granwel se présenta
chez lady Wateley dans tout son luxe et
toute sa magnificence.

Rien n'avait changé dans la résolution
des femmes; mylord est refusé cruellement.... il insiste, il fait dire qu'il doit
entretenir lady Stralson et sa fille d'une
affaire de la plus grande importance....
On lui répond que les dames qu'il demande ne sont plus logées dans cette
maison, et il se retire furieux. Son premier mouvement fut d'aller trouver
Williams, de lui faire valoir le service

qu'il avait rendu à sa maîtresse, en
racontant la chose comme il en était
convenu avec Henriette chez la Schmit,
d'exiger de lui de le mener chez lady
Stralson, ou de se couper la gorge ensemble, si son rival n'acquiesçait pas à
ses vues ; mais ce projet ne lui parut
pas assez méchant. Ce n'est qu'à miss
Stralson que Granwel en veut.... Il est
probable qu'elle n'a pas rendu à sa famille les choses comme elle l'avait promis, ce n'est qu'à elle que les refus qu'il
éprouve sont dûs, ce n'est qu'elle qu'il
veut rechercher et punir, et ce n'est qu'à
cela qu'il doit travailler.

Quelques fussent les précautions qu'on
se proposât de prendre chez lady Wateley, il ne s'agissait pourtant pas de se
renfermer ; moyennant quoi lady Stralson et sa fille n'en faisaient pas moins
les courses qu'exigeaient leurs affaires
dans Londres, et même celles qui ne
pouvaient contenter que leur plaisir ou
leur curiosité. Lady Wateley mieux por-
tante, les accompagnaient au spectacle ;
quelques amis s'y trouvaient avec elles ;

Williams s'y rendait de son côté. Mylord Granwel, toujours bien servi, n'ignorait aucune des démarches, et cherchait à tirer parti de toutes, pour y trouver des moyens de satisfaire et sa vengeance et ses coupables desirs. Un mois s'écoula cependant sans qu'il en eût pu rencontrer encore, et sans qu'il cessât d'agir sourdement d'autre part.

Clark arrivé de Herreford, instruit par sir Jacques, entamait déjà l'histoire de la succession, puissamment soutenu par Granwel et par ses amis; tout cela tracassait le malheureux Williams, que le prétendu capitaine O-Donel escroquant chaque jour, réduisait d'autre part à ne savoir bientôt plus où donner de la tête; mais ces manœuvres traînant trop en longueur au gré des fougueux desirs du lord, il n'en desirait pas avec moins d'empressement une occasion plus prochaine d'humilier la malheureuse Henriette. Il voulait la revoir à ses genoux, il voulait la punir de l'artifice qu'elle avait employé avec lui; tels étaient les funestes projets conçus par sa maudite tête, lorsqu'on vint l'avertir que toute la société de Wateley, qui ne courait pas trop le grand monde depuis que les affaires de Williams prenaient une aussi fâcheuse tournure, devait pourtant se rendre le lendemain au théâtre de Druri-Lane, où Garrick, qui s'occupait pour lors de sa retraite, devait jouer pour la dernière fois dans Hamlet.

L'esprit atroce de Granwel conçoit de ce moment le projet le plus noir que puisse inspirer la scélératesse; il ne se résout à rien moins qu'à faire arrêter miss Stralson à la comédie, et à la faire conduire dès le même soir à Brid-well (1).

Jetons quelque jour sur cet exécrable dessein.

Une fille nommée Nanci, courtisanne très-célèbre, venait de s'échapper nouvellement de Dublin; après y avoir fait une multitude de vols, y avoir publiquement dérangé plusieurs Irlandais, elle avait passé en Angleterre, où, quoique récemment arrivée, elle s'était pourtant

_____

(1) Maison des femmes de mauvaise vie.

déjà rendue coupable de quelques délits
sourds ; et la justice, au moyen d'un
warrant, travaillait à s'emparer d'elle.
Granwel a connaissance de cette affaire ;
il se transporte chez le constable chargé
de l'ordre, et voyant que cet homme ne
connaît qu'imparfaitement la fille qu'il
doit arrêter, il lui persuade facilement
que cette créature sera le soir à Druri-
Lane, dans la loge où il sait que se pla-
cera miss Henriette, qui par ce moyen,
étant enfermée au lieu de la courtisanne
qu'on cherche, se trouvera à la merci
de ses odieux projets. Il se présentait
aussi-tôt pour caution ; si cette infortunée consentait à ses desirs, elle était
libre.... refusait-elle d'y acquiescer, le
lord faisait évader Nanci, fortifiait plus
que jamais l'opinion qu'Henriette n'était
autre que cette aventurière de Dublin,
et éternisait ainsi les chaînes de sa malheureuse victime. La société avec laquelle se trouvait miss Stralson, l'em-
barrassait bien un peu ; mais on soutien-
drait à la Wateley, qui, dans le fait, n'a-
vait jamais vu lady Stralson et sa fille

que depuis qu'elles étaient l'une et l'autre
à Londres... qui savait bien qu'elle avait
des parens de ce nom à Herreford, mais
qui pouvait avoir été trompée sur le
personnel de ces parens, on la convain-
crait aisément, disait Granwel, qu'elle
était dans la plus grande erreur; et que
pourrait-elle opposer pour défendre ces
femmes et les soustraire aux ordres de la
justice? Ce projet arrangé dans la tête de
Granwel, confié à Gave et à sir Jacques,
qui le tâtent, qui le retournent de tout
sens, et qui n'y voyent aucun inconvé-
nient, on ne pense plus qu'à le mettre
en œuvre. Granwel vole chez le juge de
paix chargé de l'affaire de Nancy, il af-
firme qu'il l'a vue la veille, et qu'elle
doit très-certainement être ce jour même
à Druri-Lane, avec des femmes honnêtes
qu'elle a séduites, et vis-à-vis desquelles
elle ose se dire fille de qualité; le juge et
le constable ne balancent point; l'ordre
est donné, et tout s'arrange pour arrêter, sans faute le même jour la malheureuse Henriette à la comédie.

L'affreuse cohorte de Granwel ne
manqua

manqua pas de se trouver ce soir-là au
théâtre; mais autant par décence que
par politique, les sujets de cette troupe
infâme ne devaient être que spectateurs.
La loge se remplit : Henriette se place
entre lady Wateley et sa mère; derrière
elles sont Williams et mylord Barwill,
un ami de lady Wateley, membre du
parlement, et fort considéré dans Londres.... La pièce finit; lady Wateley
veut qu'on laisse sortir le monde.... Il
semble qu'elle ait un pressentiment du
malheur qui menace ses amies; cependant le constable et ses archers ne per-
dent pas Henriette de vue; et Granwel,
ainsi que ses associés, ont toujours les
yeux sur le constable; la foule dissipée,
on sort enfin. Williams donne la main
à lady Wateley, lady Stralson marche
seule, et Barwill est l'écuyer de miss
Henriette. Au dégagement des corri-
dors, l'exempt s'avance la main levée
sur l'infortunée miss, il la touche de sa
baguette, et lui ordonne de le suivre.
Henriette s'évanouit; la Wateley et la
Stralson tombent dans les bras l'une de

Tome II.   C

l'autre, et Barwill, secondé de Williams, repousse les exempts.... Vous vous trompez, faquins, crie Barwill ; éloignez-vous, où je vous ferai punir. Ce tableau effraie ce qui se trouve encore dans la salle, on observe, on entoure.... Le constable montrant son ordre à Barwill, lui fait voir pour qui il prend Henriette. En ce moment, sir Jacques, soufflé par Granwel, s'approche de Barwill. Mylord me permet-il de lui représenter, dit ce fourbe, qu'il sera fâché d'avoir pris parti pour cette fille inconnue de lui ; ne doutez pas, mylord, que ce ne soit la Nanci de Dublin, j'en ferai serment, s'il le faut. Barwill qui ne connaît ces étrangères que depuis peu, s'approche de la Wateley, pendant que Williams secoure sa maîtresse. Madame, lui dit-il, voilà l'ordre, et voilà monsieur, que je connais pour un gentil-homme, incapable d'en imposer, qui m'assure de la justice de cet ordre, et que l'exempt ne se trompe point ; daignez m'expliquer tout ceci. Par tout ce que j'ai de plus sacré, mylord, s'écrie aussi-tôt lady Stralson, cette

infortunée est ma fille, elle n'est point la
créature que l'on cherche; daignez ne
pas nous abandonner, daignez nous servir de défenseur, pénétrez-vous de la
vérité, mylord, protégez-nous, secourez
l'innocence. Retirez-vous donc, dit alors
Barwill à l'exempt, je réponds de cette
jeune personne, je vais de ce pas la conduire moi-même chez le juge de paix;
allez nous y attendre; vous exécuterez-
là les nouveaux ordres que vous en re-
cevrez; jusqu'à cet instant, je sers de
caution à Henriette, et votre commis-
mission est remplie. A ces mots tout se
dissipe, le constable sort de son côté,
sir Jacques, Granwel et sa troupe du
leur, et Barwill, entraînant ces dames,
échappons promptement, leur dit-il, ne
nous offrons pas plus long-tems en spectacle.... Il donne la main à Henriette,
on le suit; les trois femmes et lui mon-
tent dans sa voiture, et quelques minutes
suffisent à les rendre chez le célèbre
Fielding, juge chargé de cette affaire.
Ce magistrat, sur la parole du lord Barwill, son ami depuis long-temps, sur les

C 2,

réponses honnêtes et naïves des trois
femmes, ne peut s'empêcher de voir qu'il
a été séduit ; pour s'en convaincre encore
mieux, il confronte le signalement de
Nanci à la personne même d'Henriette,
et y ayant trouvé des différences sensibles, il comble ces dames d'excuses et
d'honnêtetés ; elles se séparent ici de
mylord Barwill, auquel elles témoignent
leur reconnaissance et retournent tranquillement chez elles, où les attendait
Williams.... O ! mon ami, lui dit Henriette en le revoyant, encore toute émue,
quels ennemis puissans nous avons dans
cette maudite ville, puissions-nous n'y
être jamais entrés ! Il n'est pas douteux,
dit lady Stralson, que tout ceci part de
ce perfide Granwel ; je n'ai rien voulu
dire de mes idées par ménagement, mais
chaque nouvelle réflexion les étaye ; il est
impossible de pouvoir douter que ce ne
soit ce scélérat qui nous tracasse ainsi par
vengeance ; et qui sait, continua-t-elle,
si ce n'est pas également lui qui a suscité
à Williams ce nouveau concurrent à la
succession de sa tante ? A peine connais-

sions-nous ce chevalier Clark à Herreford, personne ne s'était jamais douté de
cette alliance, et voilà que cet homme
triomphe, le voilà protégé de tout Londres, et mon malheureux ami Williams
peut-être à la veille d'être ruiné; n'importe, disait ensuite cette bonne et honnête créature, devint-il plus pauvre que
Job, il aura la main de ma fille.... je te
la promets, mon ami, je te la promets
Williams, toi seul plaîs à cette chère enfant, et ce n'est qu'à son bonheur où
j'aspire. Et Henriette, avec son amant,
se jetaient en larmes dans les bras de
lady Stralson, ils l'accablaient l'un et
l'autre des marques de leur reconnaissance. Cependant Williams se sentait
coupable, il n'osait pas le témoigner;
ensorcelé par Gave sous le nom du capitaine O-Donel, il avait perdu, soit
avec ce faux ami, soit dans les sociétés
où il avait été mené par lui, presque tout
l'argent qu'il avait apporté à Londres;
ne voyant aucune liaison entre Granwel
et le capitaine écossais, il était loin de
soupçonner que celui-ci dût être l'agent

C 3

de l'autre.... Il se taisait, il soupirait en silence, recevait avec confusion les marques de tendresse d'Henriette et de sa mère, et n'osait avouer ses fautes; il espérait toujours qu'un moment plus heureux lui ramènerait peut-être sa petite fortune; mais si ce moment n'arrivait pas, si d'autre part Clark gagnait le procès, indigne des bontés dont on l'accablait, Williams.... le malheureux Williams, était décidé à tout, plutôt que d'en abuser.

Pour Granwel, il n'est pas besoin de peindre sa fureur, on la conçoit sans nulle peine..... Ce n'est pas une femme, répétait-il sans cesse à ses amis, c'est un être au-dessus de l'humanité.. Ah! j'aurai beau former des complots contr'elle, elle s'y soustraira toujours... soit, qu'elle continue..... je le lui conseille.... Si mon étoile prenait de l'ascendant sur la sienne, elle payerait chère l'infâme tromperie qu'elle m'a fait.

Cependant toutes les batteries pour la ruine du malheureux Williams étaient dressées, avec encore plus d'art et de

promptitude que jamais ; le procès de
la succession était au moment d'être
jugé, et Granwel n'épargnait ni soins,
ni démarches pour les intérêts du chevalier Clark, qui ne conférant jamais
qu'avec sir Jacques, ne soupçonnait
même pas, qu'elle était la main qui le
soutenait aussi puissamment.

Le lendemain de l'aventure de *Druri-
Lane*, Granwel fut s'excuser de sa méprise chez Fielding, il le fit avec tant
de bonne-foi, que le juge ne parut lui
en savoir aucun mauvais gré, et le
fripon partit delà pour aller inventer
d'autres ruses, dont le succès moins
malheureux pût amener enfin dans ses
lacs l'objet infortuné de son idolâtrie.

L'occasion ne tarda point à se rencontrer ; lady Wateley possédait une assez jolie campagne entre Newmarket et Hos-
den, à environ quinze mille de Londres ;
elle imagina d'y mener sa jeune parente
pour la dissiper un peu des noirs soucis qui
commençaient à l'agiter. Granwel instruit
de tous les pas de sa maîtresse, apprend
le jour fixe du départ ; il sait qu'on doit

passer huit jours à cette terre et en revenir le neuvième au soir; il se déguise, il
prend avec lui une douzaine de ces scélérats qui battent le pavé de Londres,
dont le premier venu peut faire ses sa-
tellites pour quelques guinées, et vole
à la tête de ces bandits attendre le carrosse de lady Wateley, au coin d'une
forêt, peu éloignée de Newmarket célèbre par les meurtres qui s'y commet-
tent journellement et qu'il fallait tra-
verser au retour; la voiture passe, elle
est arrêtée.... les traits se brisent.... les
valets sont battus..... les chevaux s'é-
chappent.... les femmes s'évanouissent....
miss Stralson est portée, sans connaissance, dans une voiture à deux pas de-
là; son ravisseur y monte avec elle, de
vigoureux coursiers s'élancent, et l'on
arrive à Londres. Le lord qui ne s'est
point fait connaître à Henriette, et qui
ne lui a pas dit un mot pendant la route,
entre rapidement dans son hôtel avec
sa proie; il l'établit dans une chambre
reculée, congédie ses gens.... et se dé-
masque.

Eh bien! perfide, dit-il, alors en fureur, reconnais-tu celui que tu as osé trahir impunément? Oui, mylord, je vous reconnais, répond courageusement Henriette, dès qu'un malheur m'arrive m'est-il possible de ne pas vous nommer à l'instant? vous êtes la seule cause de tous ceux que j'éprouve, votre unique charme est de me troubler; quand je serais votre plus mortelle ennemie, vous n'agiriez pas différemment. — Cruelle femme, n'est-ce donc pas vous qui faites de moi le plus infortuné des hommes, en ayant abusé de ma bonne-foi; et par votre infâme duplicité ne m'avez-vous pas rendu complètement la dupe des sentimens que j'avais conçus pour vous? — Je vous croyais plus juste, mylord, j'imaginais qu'avant de condamner les gens vous daignez au moins les entendre. — Me laisser prendre une seconde fois à tes damnables artifices..... moi? — Malheureuse Henriette! tu seras donc punie de trop de franchise et de crédulité, et ce sera le seul homme que tu as distingué dans le monde qui sera la

cause de tous les désastres de ta vie! —
Que voulez-vous dire, miss, expliquez-
vous? Je veux bien écouter encore votre
justification, mais ne vous flattez pas de
me tromper.... n'imaginez-pas abuser de
ce fatal amour dont j'ai trop à rougir,
sans doute.... Non, miss, vous ne m'in-
duirez plus en erreur.... vous ne m'in-
téressez plus, Henriette, je vous vois de
sang-froid maintenant, et vous n'allu-
mez plus en moi d'autres desirs que
ceux du crime et de la vengeance. —
Doucement, mylord, vous m'accusez
trop légèrement; une femme qui vous
aurait trompé, vous aurait reçu, elle aurait prolongé votre espoir, elle aurait
cherché à vous désarmer, et avec l'art
que vous me supposez, elle y aurait réussi.... Examinez la conduite différente
que j'ai tenue.... démêlez-en le principe
et condamnez-moi si vous l'osez. — Eh
quoi!.... dans notre dernier entretien,
vous me laissez croire que je ne vous
suis pas indifférent, vous m'invitez vous-
même à me rendre chez vous... c'est à ce
prix que je m'appaise... c'est à cette condi-

tion que la délicatesse remplace dans mon cœur les sentimens que je vous y vois blâmer... et quand je fais tout pour vous plaire.... quand je sacrifie tout pour obtenir un cœur... dont la possession me devenait inutile, si je n'eusse écouté que mes desirs, la récompense en est de me voir fermer votre porte... Non, non, perfide, n'espérez pas de m'échapper encore... ne l'espérez pas miss... vos tentatives seraient inutiles. — Faites de moi ce que vous voudrez mylord, je suis entre vos mains... (et versant involontairement quelques larmes...) vous m'obtenez sans doute aux dépends des jours de ma mère... N'importe, faites de moi ce que vous voudrez, vous dis-je, je ne veux employer aucun moyen de défense... mais s'il était possible que vous entendissiez la vérité, sans l'accuser d'artifice, je vous demanderais mylord, si les refus que vous avez essuyés, ne sont pas des preuves certaines, et de l'aveu que j'ai fait des sentimens que vous m'avez inspiré, et de la frayeur qu'on a eu de leur puissance sur moi?... qu'eût

il été besoin de vous exclure, si l'on ne
vous eût pas craint ? et vous eût-on re-
douté, si je n'eusse avoué publiquement
ce que j'éprouvais pour vous ? Vengez-
vous mylord , vengez-vous, punissez-
moi de m'être trop livrée à cette erreur
enchanteresse... je mérite toute votre
colère, vous n'en rendrez jamais les
effets assez éclatans... vous ne les pres-
serez jamais assez. Eh bien! dit Granwel, dans une incroyable agitation, ne
l'avais-je pas prévu que cette rusée créature essayerait de me r'enchaîner encore... Oh non ! non, vous n'avez plus
de torts, miss, c'est moi qui les ai tous...
je suis le seul coupable, c'est à moi de
m'en punir; j'étais un monstre assurément, puisque j'avais pu comploter
contre celle qui m'adorait dans le fond
de son âme... Je ne le voyais pas, miss,
je l'ignorais... pardonnez-le à l'extrême
humilité de mon caractère, comment
pouvais-je concevoir l'orgueil d'être aimé
d'une fille comme vous ? — Touvez bon
que je vous le dise mylord, nous ne
sommes ni vous ni moi dans le cas du

sarcasme ou de la plaisanterie : vous me
rendez la plus malheureuse des femmes,
et j'étais loin de desirer que vous fussiez
le plus infortuné des hommes, c'est tout
ce que j'ai à vous dire mylord ; il est
tout simple que vous ne le croyez pas,
permettez-moi d'avoir à mon tour assez
de fierté, toute humiliée que je suis,
pour ne pas chercher à vous en convaincre ; il est assez cruel pour moi
d'avoir à rougir de ma faute avec ma
famille et mes amis, sans être obligée
de la pleurer encore avec celui qui me
l'a fait commettre... ne croyez rien de ce
que je vous dis mylord, je vous en impose sur tout, je suis la plus fausse des
femmes, il ne doit pas vous être permis
de me voir autrement... ne me croyez
pas vous dis-je... — Mais miss, s'il était
vrai que vos sentimens pour moi fussent
tels que vous avez l'air de me le persuader, ne pouvant réussir à me voir,
qui vous empêchait de m'écrire ? ne
deviez-vous pas me supposer très-inquiet
du refus que j'avais éprouvé ? — Je ne
dépends pas de moi mylord, n'oubliez

jamais cette circonstance, et vous con-
viendrez qu'une fille de mon âge, et
dont les sentimens répondent à la bonté
de l'éducation, ne doit travailler qu'à
étouffer dans son cœur tout ce que dé-
sapprouve sa famille.—Et à présent que
vous ne dépendez plus de cette famille
barbare, qui s'opposait à vos vœux
comme aux miens, consentez-vous à me
donner la main sur-le-champ? — Moi?
quand ma mère expire peut-être, et que
ce sont vos coups qui me l'enlèvent!
ah! permettez-moi de ne songer qu'à
celle à qui je dois le jour, avant de
m'occuper de mon bonheur. — Soyez
rassurée sur cela miss, votre mère est
en sûreté, elle est chez lady Wateley,
et toutes deux y sont aussi saines que
vous; l'ordre de les secourir aussi-tôt
que vous seriez enlevée a été exécuté
avec plus d'intelligence encore que celui
qui vous met en mon pouvoir; que cet
objet ne vous donne donc aucune sorte
d'inquiétude, qu'il ne trouble en rien
la réponse décisive que je vous prie de
me faire; acceptez-vous ma main miss,

ou ne l'acceptez-vous pas ? — N'imaginez point que je me décide sur une
telle chose, sans l'agrément de ma mère,
ce n'est pas votre maîtresse, mylord,
que je veux être, c'est votre femme ; la
deviendrais-je légitimement, si, dépen-
dante de ma famille, je vous épousais
sans son aveu ? — Mais miss, observez-
vous que je suis maître de votre personne, et que ce n'est pas à l'esclave à
vouloir imposer des conditions ? — Oh
mylord! je ne vous épouserai donc point...
je ne veux pas être l'esclave de celui
qu'aura choisi mon cœur. — Fière créature, je ne parviendrai jamais à t'humilier!—Et quelle délicatesse placeriez-
vous dans le triomphe que vous auriez
remporté sur une esclave ? ce qui n'est
dû qu'à la violence, peut-il donc flatter
l'amour-propre ? — Il n'est pas toujours
sûr que cette délicatesse si vantée, soit
aussi précieuse que se l'imaginent les
femmes. — Laissez cette dureté de principes mylord, à ceux qui ne sont pas faits
pour mériter les cœurs qu'ils cherchent
à dompter, ces abominables maximes

ne sont pas faites pour vous. — Mais
ce Williams, miss... ce Williams... je
voudrais que tous les malheurs dont la
nature peut accabler les hommes, fussent
réunis sur la tête de ce scélérat. — N'appellez point ainsi le plus honnête des
hommes. — Il m'enlève votre cœur,
c'est lui qui est la cause de tout, je sais
que vous l'aimez. — Je vous ai déjà répondu sur cet article, je continuerai de
vous dire la même chose, Williams
m'aime, voilà tout... Ah! mylord n'ayez
jamais rien qui combatte plus dange-
reusement vos projets, et vous ne serez pas aussi malheureux que vous le
supposez. — Non séductrice, non je ne
te crois pas (et se troublant)... allons
miss préparez-vous ; je vous ai donné
tout le temps de la réflexion, vous devez bien imaginer que ce n'est point
pour être encore votre dupe, que je
vous ai amenée ici, il faut dès ce soir
que vous soyez ou ma femme... ou ma
maîtresse... Et en même-temps il la saisit durement par le bras, et l'entraîne
vers l'autel impie où le barbare veut la

sacrifier. Un mot... mylord, dit Henriette en contraignant ses larmes, et résistant de toutes ses forces aux entreprises de Granwel, un seul mot je vous en conjure... qu'espérez-vous du crime que vous allez commettre ? — Tous les plaisirs qu'il peut me donner. — Vous ne les connaîtrez qu'un seul jour mylord, demain je ne serai plus ni votre esclave ni votre maîtresse, demain vous n'aurez plus devant vos yeux que le cadavre de celle que vous aurez flétri... O Granwel ! vous ne connaissez pas mon caractère, vous ignorez à quels excès je puis me porter, pouvez-vous donc, s'il est vrai que vous ayez pour moi le plus léger sentiment, acheter au prix de ma perte la malheureuse jouissance d'un quart d'heure ; ces mêmes plaisirs que vous voulez arracher, je vous les offre, pourquoi ne voulez-vous pas les tenir de mon cœur ?... Homme équitable et sensible, poursuit-elle à demi-inclinée, en tendant les mains jointes vers son tyran, laissez-vous attendrir par mes pleurs... que les cris de mon désespoir arrivent

encore une fois à votre âme, vous ne
vous repentirez pas de les avoir entendu.
O mylord! voyez devant vous en atti-
tude de suppliante, celle qui mettait
toute sa gloire à vous enchaîner un jour à
ses pieds, vous voulez que je sois votre
femme, eh bien! regardez-moi déjà
comme telle, et à ce titre ne déshono-
rez point celle, dont la destinée est tellement unie à la vôtre... rendez Henriette à sa mère, elle vous en supplie, et
c'est par les sentimens les plus vifs
et les plus ardens qu'elle acquittera vos
bienfaits. — Mais Granwel ne la regardait plus, se promenant à grands pas
dans l'appartement... brûlé d'amour...
tourmenté de la soif de jouir... dévoré
de vengeance... combattu par la pitié
que cette voix douce, que cette pos-
ture intéressante, que ces pleurs qui
coulaient à grands flots excitaient malgré lui dans son âme, et qui naissaient de
son amour... quelquefois prêt à la saisir,
voulant quelquefois lui pardonner, il
était impossible de dire auxquels de ces
deux mouvemens il allait se rendre,

lorsqu'Henriette saisissant son trouble...
Venez mylord, lui dit elle, venez voir
si j'ai envie de vous tromper : condui-
sez-moi vous-même chez ma mère, venez me demander à elle, et vous verrez
si je servirai vos desirs. Fille incompréhensible, dit le lord, eh bien!... eh
bien oui! je te cède une seconde fois;
mais si malheureusement tu m'abuses
encore, il n'est aucune force humaine
qui puisse te soustraire aux effets de ma
vengeance... souviens-toi qu'elle sera
terrible... qu'elle coûtera du sang aux
objets qui te seront les plus chers, et
qu'il n'en sera pas un seul, de tous
ceux qui t'entourent, que ma main n'immole à tes pieds. — Je me soumets à tout
mylord, partons, ne me laissez pas plus
long-temps dans l'inquiétude où je suis de
ma mère; il ne manque à mon bonheur
que son aveu... que de la savoir sans
danger... et vos desirs se couronnent
à l'instant. Mylord demande des chevaux... Je ne vous accompagnerai pas,
dit-il à Henriette, je ne dois point choi-
sir ce moment pour paraître chez vos

amis ; vous voyez quelle est ma confiance? demain à midi précis une voiture ira de ma part chercher votre mère
et vous ; vous arriverez chez moi, vous
y serez reçues par ma famille, les no-
taires s'y trouveront, je deviendrai votre
époux dès le même jour ; mais si j'éprouve
encore de vos parens ou de vous, l'apparence même du plus léger refus, ne l'ou-
bliez-pas miss, vous n'aurez pas dans
Londres un plus mortel ennemi que
moi... Partez, la voiture vous attend,
je ne veux pas même vous conduire à
elle... je ne saurais trop tôt quitter des
regards, dont les effets sont si singuliers
sur mon cœur, que j'y trouve dans le
même instant, tout ce qui détermine au
crime, et tout ce qui rend à la vertu.

Henriette de retour chez elle, trouva
toute la maison en alarmes ; lady Stralson
était blessée à la tête et au bras ; sa cousine Wateley gardait le lit à cause de
l'effroi terrible qu'elle avait eu ; deux
domestiques avaient presque été écrasés
sur la place ; cependant Granwel n'en
avait point imposé ; l'instant d'après son

départ, les mêmes gens qui avaient attaqué le carrosse, en étaient devenus
les défenseurs; on avait ratrappé les chevaux, on avait aidé aux femmes à re-
monter dans la voiture, on les avait es-
cortées jusqu'aux portes de Londres.

Lady Stralson pleurait bien plus amèrement la perte de sa fille, que les douleurs instantanées qu'elle éprouvait; il
était impossible de la consoler, et l'on
allait se déterminer aux plus sérieuses
démarches, lorsqu'Henriette parut et se
précipita dans le sein de sa mère. Un
mot éclaira tout, mais n'apprit rien à
lady Wateley, qui n'avait pas douté que
le perfide lord n'eût été l'unique auteur
de ces nouveaux désastres. Miss Stralson
rendit compte de ce qui s'était passé, et
n'inquiéta que davantage. Si l'on se trouvait à l'invitation, il n'y avait plus à recu-
ler, il fallait, dès le lendemain, devenir
la femme de Granwel.... Quel ennemi
n'avait-on pas contre soi, si l'on y man-
quait?

Dans cette terrible perplexité, lady
Stralson voulait s'en retourner sur-le-

champ à Herreford; mais tout violent
qu'était ce dessein, mettait-il cette malheureuse mère et sa fille à l'abri du courroux d'un homme, qui jurait de les poursuivre l'une et l'autre à l'extrémité de la
terre, si elles lui manquaient de parole.
Se plaindre.... employer de puissantes
protections, devenait-il un moyen plus
sûr ? Il ne se mettait en usage qu'en
aigrissant mille fois plus un être dont les
passions étaient terribles, et la vengeance à redouter; lady Wateley pen-
chait pour le mariage, il était difficile
que miss Henriette trouva mieux; un
lord de la plus haute qualité.... des biens
immenses; et l'ascendant qu'elle avait
sur lui, ne devait-il pas convaincre Henriette qu'elle en ferait ce qu'elle voudrait
toute sa vie ?

Mais le cœur de miss Stralson était
bien loin de ce parti; tout ce qu'elle
éprouvait, en lui rendant son amant
plus cher, ne servait qu'à lui faire détester davantage l'homme affreux qui
s'acharnait à elle; elle assura qu'elle pré-
férait la mort aux propositions de lady

Wateley; et que la terrible nécessité où
elle avait été de feindre avec le lord
Granwel, le lui rendait encore plus
odieux. On s'arrêta donc au projet de
traîner, de recevoir le lord avec poli-
tesse, de continuer à nourrir ses feux
par l'espoir, tandis que d'autre part, on
les éteindrait à force de longueurs; de
terminer pendant ce temps-là les affaires qu'on avait à Londres, d'épouser
secrètement Williams, et de s'en retourner un beau jour à Herreford, sans que
Granwel pût s'en douter. Une fois-là,
continuait-on, si cet homme dangereux poursuivait ses démarches, dirigées
contre une femme en puissance de mari,
elles acquéraient un genre de gravité
qui répondait à lady Stralson et à sa fille
de la protection des loix; mais ce parti
pouvait-il convenir? Un homme aussi
fougueux que Granwel, déjà trompé
deux fois, ne serait-il pas fondé à croire
qu'on travaillait à ce qu'il le fût une troisième? et, dans ce cas, que n'avait-on
pas à en appréhender? Cependant ces
réflexions n'étaient pas venues aux amies

d'Henriette ; on s'en tint au projet adopté,
et dès le lendemain, miss écrivit à son
persécuteur que l'état de la santé de sa
mère ne permettait pas qu'elle pût ef-
fectuer la promesse qu'elle avait faite;
elle suppliait instamment le lord de ne
point s'en fâcher, de venir la consoler
au contraire des regrets qu'elle éprouvait de ne pouvoir tenir sa parole, et de
la tristesse qui l'accablait auprès d'une
mère malade.

Le premier mouvement de Granwel
fut du dépit. Me voilà encore trompé,
s'écria-t-il, me voilà encore la dupe de
cette fausse créature.... et j'en étais le
maître.... et je pouvais la contraindre
à mes desirs.... la rendre l'esclave de
mes volontés !... je l'ai laissé vaincre.... la
perfide... elle m'échappe encore.... mais
voyons ce qu'elle me veut.... voyons si
réellement l'état de sa mère peut lui
servir d'excuse légitime.

Granwel arrive chez lady Wateley, et
ne s'avouant pas, comme on imagine aisément, pour auteur des catastrophes de la
veille, il convient seulement qu'il les avait
appris,

appris, et que l'intérêt qu'il était impossible de ne pas prendre à lady Stralson,
dès qu'on avait le bonheur de la connaître, le faisait voler vers elle pour s'informer de l'état de sa santé et de celui
des personnes qui lui étaient chères. Ce
début est saisi, on en soutient le ton;
au bout de quelques instans, Granwel
prend à part Henriette, il lui demande
si elle croit que cette légère incommodité de sa mère mettra de longs obstacles au bonheur de lui appartenir, et
s'il ne pourrait point malgré ces contre-
temps hasarder toujours quelques propositions? Henriette le calme, elle le
conjure de ne pas s'impatienter; elle lui
dit que quoique ses amies feignent, elles
n'en sont pas moins persuadées, qu'il est
le seul auteur de tout ce qu'elles ont
souffert la veille, et que d'après cela, ce
n'est pas trop l'instant d'entamer une
négociation semblable. N'est-ce pas
beaucoup, continua-t-elle, qu'on nous
permette de nous voir, et m'accuserez-
vous encore de vous tromper, quand je
viens de vous ouvrir pour toujours la

Tome II.   D

porte d'une maison que vous remplisssez
d'amertume et de deuil? Mais mylord
qui ne croyait jamais qu'on n'eût rien
fait pour lui, tant que ses desirs n'étaient
pas satisfaits, ne répondit qu'en balbutiant, et dit à miss Stralson qu'il consentait à lui donner encore vingt-quatre
heures, et qu'au bout de ce terme il
voulait absolument savoir à quoi s'en
tenir. Enfin la visite se termine, et ce
petit instant de repos va nous ramener
à Williams, que tout ceci nous a fait
perdre de vue.

Par les soins criminels de Granwel et
de Gave, il était difficile que les affaires
de ce pauvre garçon fussent plus mal
qu'elles n'étaient. Sous peu de jours le
procès allait être jugé, et le chevalier
Clark, soutenu de toute la ville de
Londres, se regardait déjà, non sans
fondement, comme le seul héritier des
biens que Williams comptait offrir avec
sa main à l'aimable Henriette; Granwel
ne négligeait rien de tout ce qui pouvait
faire tourner ce jugement au gré de ses
desirs; cette ruse qui n'était d'abord qu'ac-

cessoire, devenait maintenant celle dont il attendait tout le succès de ses opérations ; Henriette se déterminerait-elle à épouser ce Williams s'il était entièrement ruiné ? A supposer que sa délicatesse l'y contraignît même encore, sa mère pourrait-elle y consentir ? Malgré tout ce que Granwel avait appris de miss Stralson à leur dernière entrevue, il était impossible que ce séducteur, n'eût pas reconnu dans les propos de celle qu'il aimait, plus de politique et de ménagement, que de tendresse et de vérité. Ses espions l'instruisaient d'ailleurs, et il ne pouvait douter que les deux jeunes gens ne continuassent à se voir ; il se résolut donc de presser la ruine de Williams, tant pour en dégoûter les Stralson, que pour obtenir de cette catastrophe un dernier moyen de remettre Henriette dans ses mains...... dont il jurait bien qu'elle ne s'échapperait plus.

Quant au capitaine O-Donel, après avoir tiré tout ce qu'il avait pu de Williams, il l'avait cruellement abandonné, et s'était retiré chez Granwel, d'où il sor-

tait fort peu, de crainte d'être reconnu;
son protecteur avait exigé de lui cette
précaution jusqu'au dénouement de toute
cette intrigue, lequel selon le lord ne
devait pas tarder encore bien des jours.

Cependant Williams réduit à ses
quatre dernières guinées, n'ayant même
plus de quoi faire face aux frais du procès qu'il avait à soutenir, était déter-
miné à aller faire l'aveu de ses fautes aux
pieds de la bonne Stralson, et de son
adorable fille; il y allait, lorsque les
derniers éclats de la foudre suspendue
sur sa tête éclatèrent subitement. Son
affaire se juge, Clark est reconnu tenir
à la parente dont on plaide l'héritage
de deux degrés plus près que Williams;
et ce malheureux jeune homme se voit
à-la-fois privé, et du peu de fortune
présente dont il jouissait, et de celle
qu'il pouvait espérer un jour. Anéanti
par la multitude de ses revers, ne pouvant tenir à l'horreur de sa situation, il
est prêt à s'arracher la vie, mais il lui
est impossible d'attenter à ses jours,
sans voir une dernière fois le seul être

qui les lui rend chers ; il vole chez
lady Wateley, il savait que l'on y voyait
le lord Granwel, il en connaissait les motifs, et quelqu'inquiétude que cela lui
donnât, il n'osait pourtant pas le désap-
prouver, était-ce à lui de dicter des lois
dans la fatale position où il se trouvait !
On était convenu, d'après la politique
qui guidait les démarches actuelles, de
ne recevoir jamais Williams qu'en secret; il arriva donc de nuit, et dans un
moment où l'on était sûr que Granwel
ne surviendrait pas. On ne savait encore rien de la perte de son procès,
il en fait part, et y joint en même-
temps la nouvelle affreuse de ses malheurs au jeu. Oh ma chère Henriette !
s'écrie-t-il en se précipitant aux pieds
de celle qu'il adore, ce sont mes derniers adieux que je vous fais, je viens
vous dégager de vos liens, et rompre
également ceux de ma vie; ménagez
mon rival, miss, et ne lui refusez pas
votre main, lui seul peut faire votre
bonheur à présent, mes fautes et mes
revers ne me permettent plus d'être à

vous, devenez l'épouse de mon rival, Henriette, c'est votre meilleur ami qui vous en conjure, oubliez à jamais un malheureux qui n'est plus digne que de votre pitié. Williams, dit Henriette en relevant son amant, et le plaçant à côté d'elle, ô toi que je ne cessai jamais d'adorer un instant, comment as-tu pu croire que mes sentimens dépendissent des fantaisies de la fortune? Et quelle injuste créature serais-je donc, si je devais cesser de t'aimer pour des imprudences ou des malheurs? Crois Williams, crois que ma mère ne t'abandonneras pas plus que moi, je me charge du soin de lui apprendre tout ce qui t'arrive, je veux t'épargner le chagrin de lui en faire l'aveu; mais réponds moi de ta vie, jure moi Williams, que tant que tu seras certain du cœur d'Henriette, aucun malheur ne pourra te contraindre à trancher le fil de tes jours. — O maîtresse adorée, j'en fais le serment à tes génoux, qu'ai-je de plus sacré que ton amour? Quel malheur puis-je redouter, toujours chéri de mon Henriette ? oui je vivrai puisque tu m'aimes, mais n'exige pas de moi de t'épouser, ne laisse pas réunir ton sort à celui d'un misérable qui n'est plus fait pour toi ; deviens la femme du lord, si je ne l'apprends pas sans chagrin, je le verrai du moins sans jalousie, et l'éclat dont cet homme puissant te fera jouir me consolera, s'il est possible, de n'avoir pu prétendre au même bonheur. Ce n'était pas sans verser des larmes que la tendre Henriette entendait ces discours ; ils lui répugnaient à tel point qu'elle ne put les laisser finir. Homme injuste, s'écria-t-elle en saisissant la main de Williams, mon bonheur peut-il exister sans le tien ? et serais-tu heureux, si j'étais dans les bras d'un autre ? Non mon ami, non, je ne t'abandonnerai jamais; j'ai une dette de plus à acquitter à présent... celle que ton infortune m'impose; l'amour seul m'enchaînait jadis à toi, j'y suis aujourd'hui liée par devoir... je te dois des consolations, Williams, de qui te seraient-elles chères, si ce n'était de ton Henriette ? N'est-ce pas à ma main d'essuyer tes larmes, pourquoi veux-tu m'ôter cette jouissance? En m'épousant avec la fortune qui devait t'appartenir, tu ne m'aurais rien dû, mon ami, et je t'unis maintenant à moi par les liens de l'amour, et par les tendres nœuds de la reconnaissance. Williams arrose de ses pleurs les mains de sa maîtresse, et l'excès du sentiment qui l'embrase, l'empêche de trouver des expressions qui puissent peindre ce qu'il éprouve. Lady Stralson survient comme nos deux amans anéantis dans les bras l'un de l'autre, font passer mutuellement dans leur âme le feu divin qui les consume; sa fille lui apprend alors ce que Williams n'ose dire, et termine ce récit en demandant pour grâce à sa mère de ne rien changer aux dispositions dans lesquelles elle a toujours été. Viens mon cher, dit la bonne Stralson après avoir tout appris, viens, dit-elle en jetant ses bras autour du cou de Williams, nous t'aimions riche, nous t'aimerons encore mieux pauvre, n'oublie jamais deux bonnes amies, et repose-toi sur elles du soin de te consoler... tu as fait une faute mon ami... tu es jeune... tu es sans lien, tu n'en feras plus quand tu seras l'époux de celle que tu aimes.

Nous passons sous silence les expressions de la tendresse de Williams. Quiconque aura son cœur, les sentira sans qu'il soit besoin de les dire, et l'on ne peint rien aux âmes froides.

O ma chère fille, reprit lady Stralson, que je crains qu'il n'y ait dans tout ceci quelques nouvelles ruses de cet homme affreux qui nous tourmente.... Ce capitaine écossais qui ruine en si peu de temps notre bon Williams.... ce chevalier Clarck que nous ne connûmes jamais pour le parent de la tante de ce cher ami, tout cela sont des trames de cet homme perfide... Ah ! puissions-nous n'être jamais venus à Londres ; il faut quitter cette ville dangereuse, ma fille, il faut s'en éloigner pour jamais.

Il n'est pas difficile de croire qu'Henriette et Williams adoptèrent avec joie ce dessein ; on prit donc jour, il fut décidé qu'on partirait le sur-lendemain,

D 5

mais que tout se ferait avec un tel mystère, que les gens même de lady Wateley
n'en pussent rien savoir ; et ces projets
admis de part et d'autre, Williams voulut
sortir pour se préparer à leur exécution.
Miss l'arrête ; songe-tu donc, mon ami,
lui dit-elle, en lui remettant une bourse
pleine d'or.... songe-tu que tu m'as
confié le triste état de tes finances,
et que c'est à moi seule à les remettre
en ordre ? — O ! miss, quelle générosité !
Williams, dit lady Stralson, elle me fait
voir mes torts.... prends, mon ami...
prends, je la laisse jouir de ce plaisir aujourd'hui, mais à condition qu'elle ne me
l'enlèvera plus... Et Williams en pleurs,
Williams, pénétré de reconnaissance,
sort en disant : Si le bonheur peut être
pour moi sur la terre, ce n'est bien sûrement qu'au sein de cette honnête famille. J'ai fait une faute.... j'ai éprouvé
un revers affreux.... je suis jeune, le
service m'offre des ressources.... je tâ-
cherai que mes enfans ne puissent s'appercevoir de tout ceci, ces gages précieux de l'amour de celle que j'adore,

feront à jamais l'unique occupation de ma vie, et je combattrai si bien la fortune, qu'ils ne se sentiront point de mes malheurs.

Mylord Granwel vint le lendemain rendre visite à celle qu'il aimait; on se contraignit comme on faisait ordinairement, mais trop adroit pour ne pas démêler quelques variations dans la conduite de miss et de sa mère, trop fin pour ne pas les attribuer à la révolution de la fortune de Williams, il s'informa : quoi qu'on eût gardé le mystère sur le départ projeté et sur les dernières visites de Williams, il devint impossible que quelque chose n'eût transpiré, et que par conséquent, merveilleusement servi par ses espions, Granwel pût être long-temps sans tout savoir.

Eh bien ! dit-il à Gave, dès que ces dernières instructions lui furent apportées, me voici donc encore la dupe de cette séquelle de traîtres ! et la perfide Henriette, en m'amusant, ne songe qu'à couronner mon rival.... Sexe faux et trompeur, a-t-on raison de t'outrager et

D 6

de te mépriser après, et ne justifie-tu pas
chaque jour par tes torts tous les reproches intentés contre toi ?.... O Gave !
ô mon ami ! elle ne sait pas qui elle of-
fense, l'ingrate ; je veux sur elle seule
venger mon sexe entier, je veux lui faire
pleurer en larmes de sang, et ses torts,
et ceux de tous les êtres qui lui res-
semblent..... Dans le commerce que tu
as eu avec ce fripon de Williams, Gave,
t'es-tu procuré de son écriture ? — En
voici.— Donne.... bien.... porte aussi-
tôt ce billet chez Jonhson, chez ce coquin qui a l'art de contre-faire si bien
toutes les écritures ; qu'il imite à l'instant
celle-ci, qu'il transcrive du caractère de
Williams, les lignes que je vais te dicter.
Gave écrit, il porte le billet ; Jonhson
le copie, et la veille du départ de miss
Henriette, elle reçoit sur les sept heures
du soir, la lettre qu'on va lire, de la main
d'un homme qui lui assure qu'elle est de
Williams, et que ce malheureux amant
en attend la réponse avec la plus vive
impatience.

*On est au moment de m'arrêter pour
une dette bien plus forte que l'argent
que je puis avoir; il est certain que de
puissans ennemis se mêlent de tout;
à peine aurai-je peut-être le temps
de vous embrasser une dernière fois;
j'attends ce bonheur, et vos conseils;
venez seule consoler un instant, au
coin des jardins de Kinsington, le
malheureux Williams, prêt à expirer
de douleur, si vous lui refusez cette
grâce.*

Henriette se désole après avoir lu ce
billet, et dans la crainte que tant d'imprudence ne refroidisse enfin les bontés
de sa mère, elle se détermine à lui cacher
cette nouvelle catastrophe, à se munir
du plus d'argent qu'il lui sera possible,
et à voler au secours de Williams.... Un
moment elle réfléchit au danger de sortir à une telle heure..... mais que peut-
elle appréhender du lord? elle le croit
parfaitement la dupe des feintes de sa
mère et de son amie lady Wateley; ces
deux femmes et elle, n'ont pas cessé de

le recevoir; Granwel lui-même n'eut
jamais l'air plus calme.... Que peut-elle
donc en redouter?... Peut-être agira-t-il
contre Williams, peut-être est-ce lui qui
est encore cause de ce nouveau revers;
mais le desir de nuire à un rival qu'on
ne cesse de craindre, n'est pas une raison
pour attenter encore à la liberté de celle
dont on doit être sûr.

Faible et malheureuse Henriette, telles
étaient tes folles combinaisons! l'amour,
qui te les suggérait, les légitimait toutes;
tu ne songeais pas que le voile n'est jamais plus épais sur les yeux des amans,
que quand le précipice est prêt à s'ouvrir sous leurs pas.... Miss Stralson envoie prendre des porteurs, et elle se rend
au lieu indiqué.... La chaise arrête.... on
l'ouvre.... Miss, lui dit Granwell, en lui
donnant la main pour en sortir, vous ne
m'attendiez pas-là, j'en suis sûr; c'est
pour le coup que vous allez dire que le
fléau de votre vie s'offre à tout instant
à vos yeux.... Henriette jette un cri,
elle veut s'arracher et fuir.... Doucement, bel ange, doucement, dit Gran-

wel, en lui mettant le bout d'un pistolet
sur le sein, et lui faisant voir qu'elle est
entourée, n'espérez pas de m'échapper,
miss, non, ne l'espérez pas.... je suis
las d'être votre dupe.... il faut que je
sois vengé.... Silence donc, ou je ne réponds pas de votre vie.... Miss Henriette
privée de l'usage de ses sens, est emportée vers une chaise de poste, où le lord
s'élance avec elle, et sans arrêter une
minute, on arrive au nord de l'Angleterre, dans un vaste château isolé que
possédait Granwel sur les frontières de
l'Ecosse.

Gavé était resté à l'hôtel du lord; il
était chargé d'observer et de donner
exactement par de prompts courriers,
des nouvelles précises de ce qui se passerait à Londres.

Deux heures après le départ de sa
fille, lady Stralson s'apperçoit qu'elle est
sortie; sûre de la conduite d'Henriette,
elle ne s'en inquiète point d'abord; mais
quand elle entend sonner dix heures,
elle frémit, et soupçonne de nouveaux
piéges.... elle vole chez Williams....

elle lui demande, en tremblant, s'il n'a
point vu Henriette.... Sur les réponses
de ce malheureux amant, elle s'effraie
encore davantage. Elle dit à Williams
de l'attendre, elle se fait conduire chez
le lord Granwel.... On lui répond qu'il
est malade..... Elle fait dire qui elle est,
bien certaine qu'à ce nom le lord doit
laisser entrer. Même réponse, ses soupçons redoublent, elle revient chez Williams, et tous deux horriblement émus,
vont à l'instant trouver le premier ministre, dont ils savent que Granwel est
parent. Ils racontent leur malheur, ils
certifient que celui qui trouble aussi
cruellement leur vie, que celui qui est
la seule cause de tout ce qui leur arrive,
que le ravisseur, en un mot, de la fille
de l'une et de la maîtresse de l'autre,
n'est autre que le lord Granwel....
Granwel! dit le ministre étonné.... mais
savez-vous qu'il est mon ami.... mon parent, et que quelque légèreté que je lui
suppose, je le crois pourtant incapable
d'une horreur?...C'est lui, c'est lui, mylord, répond cette mère désolée, faites

approfondir, et vous verrez si nous vous
en imposons. On envoie sur-le-champ à
l'hôtel du lord; Gave n'osant en imposer
aux émissaires du premier ministre, fait
dire que Granwel est parti pour une
tournée dans ses biens; ce rapport joint
aux soupçons et aux plaintes de la mère
d'Henriette, ouvre enfin les yeux du
ministre. Madame, dit-il à lady Stralson,
allez avec votre ami vous tranquilliser
chez vous, je vais agir; soyez sûre que
je ne négligerai rien de tout ce qui pourra
vous rendre ce que vous avez perdu, et
rétablir l'honneur de votre famille.

Mais toutes ces démarches avaient pris
du temps; le ministre n'avait rien voulu
entreprendre juridiquement qu'il n'eût
au préalable reçu des conseils du roi,
auquel Granwel était attaché par sa
charge; ces délais avaient donné à Gave
la facilité de faire parvenir un courrier
au château de son ami, et il en résulta
que les événemens dont il nous reste à
rendre compte, purent s'exécuter sans
obstacles.

Granwel en arrivant dans sa terre, à

force de calmer miss Henriette, avait
obtenu d'elle de prendre un peu de repos; mais il avait eu soin de la placer
dans une chambre de laquelle il lui était
impossible de s'évader. Quelque peu
d'envie que miss Stralson eût de dormir
en ce cruel état, trop heureuse de pouvoir être quelques heures tranquille,
elle n'avait encore fait aucune sorte de
bruit qui pût faire soupçonner qu'elle
était éveillée, lorsque le courrier de Gave
arriva. De ce moment, le lord sentit que
s'il avait envie de réussir, il fallait presser ses démarches. Tout ce qui pouvait
les assurer, lui devenait égal; quelque
criminel que cela pût être, il était résolu
à tout, pourvu qu'il se vengeât et qu'il
jouît de sa victime. Le pis-aller, se disait-il, sera de l'épouser, et de ne reparaître à Londres qu'avec le titre de son
mari; mais dans la situation où tout se
trouvait, d'après ce que venait de lui
apprendre le courrier de Gave, il vit
qu'il n'aurait le temps de rien, s'il ne
calmait sur-le-champ l'orage qui se
formait sur sa tête, et il conçut aisé-

ment que pour y parvenir, il fallait
nécessairement deux choses, et tranquilliser lady Stralson, et s'assurer de
Williams; une ruse abominable, un
crime plus odieux encore, venaient à
bout de l'un et de l'autre, et Granwel
à qui rien ne coûtait, dès qu'il s'agissait
d'assouvir ses désirs, n'eut pas plutôt
enfanté ces horribles projets, qu'il ne
songea plus qu'à leur exécution. Il fait
attendre le courier, et se présente chez
Henriette; il y débute par les propositions les plus insultantes, et selon sa
coutume, Henriette les élude à force
d'art; c'est ce que voulait Granwel, il
ne demandait qu'à lui faire employer
toute sa séduction, afin d'avoir l'air d'y
succomber encore et de la prendre dans
les mêmes piéges qu'elle avait usage
d'employer contre lui. Il n'est rien que
miss Stralson ne fasse pour renverser les
projets que mylord affiche; pleurs,
prières, amour, tout s'oppose indistinc-
tement, et Granwel après bien des
combats, ayant enfin l'air de se rendre,
tombe lui-même avec perfidie aux ge-

noux d'Henriette. Cruelle fille, lui dit-
il, en arrosant ses mains des larmes
feintes de son repentir, ton ascendant
est trop marqué, tu triomphes sans
cesse, et je me rends enfin pour jamais... c'en est fait, miss, vous ne trouverez plus en moi votre persécuteur,
vous n'y verrez plus que votre ami,
plus généreux que vous ne pensez, je
veux être avec vous, capable des derniers
efforts du courage et de la vertu; vous
voyez tout ce que je serais en droit
d'exiger, tout ce que je pourrais demander au nom de l'amour, tout ce que
je pourrais obtenir de la violence; eh
bien Henriette! je renonce à tout, oui
je veux vous contraindre à m'estimer,
à me regretter peut-être un jour...
Apprenez miss que je n'ai jamais été
votre dupe; vous avez beau feindre,
vous aimez Williams...... miss! c'est
de ma main que vous allez le recevoir... obtiendrai-je à ce prix le pardon
de tout ce que je vous ai fait souffrir
de maux?... En vous donnant Williams,
en réparant de ma fortune même, les

revers que la sienne vient d'éprouver,
aurai-je acquis quelques droits au cœur
de ma chère Henriette, et me nommera-
t-elle encore son plus cruel ennemi?...
O généreux bienfaiteur! s'écrie la jeune
miss, trop prompte à saisir la chimère
qui vient la caresser un instant, quel
Dieu vient vous inspirer ces desseins,
et comment est-il que vous daigniez
changer aussi promptement la destinée
de la triste Henriette? Vous me deman-
dez quels droits vous aurez acquis sur
mon cœur? Tous les sentimens de ce
cœur sensible, qui n'appartiendront pas
au malheureux Williams, seront à jamais à vous, je serai votre amie, Granwel... votre sœur... votre confidente;
uniquement occupée de vous plaire,
j'oserai vous demander pour unique
grâce de passer ma vie près de vous,
et d'en employer tous les instans à
vous témoigner ma reconnaissance....
Ah! réfléchissez-y mylord... les sentimens d'une âme libre, ne sont-ils pas
préférables à ceux que vous vouliez
arracher, vous n'auriez jamais eu qu'une

esclave. dans celle qui va devenir votre
plus tendre amie. Oui miss, vous la serez
cette amie sincère, dit Granwel en balbutiant ; j'ai tant à réparer vis-à-vis de
vous, qu'au prix même du sacrifice que
je vous fais, je n'ose pas me croire encore quitte, j'attendrai tout du temps
et de mes procédés. — Que dites-vous,
mylord? Que mon âme vous est peu connue? autant les offenses l'irritent, autant
le repentir l'entr'ouvre, et je ne sais plus
me souvenir des injures de celui qui fait
un seul pas pour en obtenir le pardon.—
Eh bien miss ! que tout s'oublie de part
et d'autre, et donnez-moi la satisfaction
de préparer moi-même les nœuds que
vous désirez tant. Ici? répondit Henriette avec un mouvement d'inquiétude
dont il lui fut impossible d'être maîtresse, j'avais cru, mylord, que nous
allions repartir pour Londres. — Non ma
chère miss, non, je mets toute ma gloire
à ne vous y ramener que sous le titre
de l'épouse du rival auquel je vous cède.
Oui, miss, je veux en vous montrant,
apprendre à toute l'Angleterre à quel

point la victoire a dû me coûter; ne
vous opposez point à ce projet dès que
j'y trouve à-la-fois mon triomphe et ma
tranquillité; écrivons à votre mère de
se calmer, mandons à Williams de se
rendre ici, célébrons-y promptement
cet hymen, et repartons dès le lendemain. — Mais mylord, ma mère? —
Nous lui demanderons son consente-
ment, elle est bien loin de le refuser,
et ce sera lady Williams qui viendra
lui en rendre grâces. — Eh bien mylord disposez de moi; pénétrée de tendresse et de reconnaissance, m'appar-
tient-il de régler les moyens par lesquels vous daignez travailler à mon
bonheur; faites mylord, j'approuve
tout... et trop entière aux sentimens
que je vous dois, trop occupée de les
éprouver et de les peindre, j'oublie tous
ceux qui pourraient m'en distraire.—
Mais miss, il faut que vous écriviez, —
à Williams? — Et à votre mère, miss;
ce que je dirais persuaderait-il comme
ce que vous écrirez vous-même? On
apporte tout ce qu'il faut, et miss

Henriette trace les deux billets suivans :

MISS HENRIETTE A WILLIAMS.

Tombons tous deux aux pieds du plus généreux des hommes, venez m'aider à lui témoigner la reconnaissance que nous lui devons l'un et l'autre ; jamais sacrifice ne fut plus noble, jamais fait avec autant de grâces ; et jamais plus entier ; mylord Granwel veut nous unir lui-même, Williams, c'est sa main qui va serrer nos nœuds... accourez... embrassez ma mère, obtenez son aveu, et dites lui que bientôt sa fille jouira du bonheur de la serrer dans ses bras.

LA MÊME A SA MÈRE.

Au moment d'inquiétude le plus affreux, succède le calme le plus doux : Williams vous montrera ma lettre, ô la plus adorée des mères. Ne vous opposez je vous conjure, ni au bonheur de votre fille, ni aux in-
tentions

tentions de mylord Granwel, elles sont
pures comme son cœur; adieu, par-
donnez si votre fille toute livrée aux
sentimens de la reconnaissance, peut
vous exprimer à peine ceux dont elle
brûle pour la meilleure des mères.

Granwel joignit à ces billets deux
lettres qui assuraient et Williams et lady
Stralson du bonheur qu'il se faisait de
réunir deux personnes dont il voulait
devenir l'ami le plus tendre, et il char-
geait Williams de prendre chez son notaire à Londres, dix mille guinées qu'il
le suppliait d'accepter pour présent de
noces; ces lettres étaient remplies d'af-
fection, elles portaient un tel caractère de franchise et de naïveté, qu'il
était impossible de ne pas y ajouter foi ;
le lord écrivit en même-temps à Gave
et à ses amis, d'appaiser la rumeur pu-
blique, de calmer le ministre, et de répandre que l'on verrait bientôt à Londres de quelle manière il réparait ses
fautes. Le courier repart avec ses dé-
pêches ; Granwel ne s'occupe plus qu'à

Tome II.   E

combler miss Stralson de bons procédés,
afin disait-il, de lui faire oublier de son
mieux tous les crimes qu'il avait à se reprocher envers elle... et dans le fond
de son âme, le monstre triomphait de l'a-
voir à la fin emporté de ruses sur celle,
qui depuis si long-temps l'enchaînait par
les siennes.

Le courrier du ravisseur d'Henriette
arrive à Londres au moment où le roi
venait de conseiller au premier ministre d'employer toutes les voies de la
justice contre Granwel.... mais lady
Stralson, pleinement la dupe des lettres
qu'elle reçoit, croyant d'autant mieux à
leur contenu, qu'elle est accoutumée
aux victoires d'Henriette sur Granwel,
vole à l'instant chez le ministre; elle le
conjure de ne faire aucunes poursuites
contre le lord, elle lui rend compte de
ce qui se passe, tout s'appaise, et Williams s'apprête au départ. Ménage cet
homme puissant et dangereux, lui dit
lady Stralson en l'embrassant, jouis du
triomphe que ma fille a remporté sur
lui, et revenez promptement tous deux

consoler une mère qui vous adore. Williams part, mais sans prendre le superbe présent que lui destine Granwel, il ne daigne pas même s'informer si cette somme l'attend ou non; cette démarche eut eu l'apparence du doute, et ces braves et honnêtes gens sont loin d'en avoir. Williams arrive... grand dieu!... il arrive... et ma plume s'arrête, elle se refuse au détail des horreurs qui attendent ce malheureux amant. O furies de l'enfer! accourez, prêtez-moi vos couleuvres, que ce soit de leurs dards étincelans que ma main trace ici les horreurs qui me restent à décrire encore.

O ma chère Henriette, dit Granwel, en entrant le matin chez sa captive, avec l'air du bonheur et de la joie, venez jouir de la surprise que j'ai eu l'art de vous ménager, accourez chère miss, je n'ai voulu vous montrer Williams qu'aux pieds même des autels où il va recevoir votre main... suivez-moi, miss, il vous attend.—Lui, mylord... lui, grand dieu!... Williams... il est à l'autel... et c'est à vous que je le dois... O mylord,

permettez que je tombe à vos genoux...
les sentimens que vous m'inspirez l'em-
portent aujourd'hui sur tout autre... (et
Granwel troublé)... non miss, non, je ne
peux pas jouir encore de cette reconnaissance, c'est le dernier instant où
elle doit arracher du sang de mon cœur,
ne me la montrez pas, miss, elle n'a plus
qu'un jour à m'être encore cruelle....
je la savourerai demain plus à l'aise ....
pressons-nous, Henriette, ne faisons pas
attendre plus long-temps un homme qui
vous adore, et qui brûle de vous être
uni.

Henriette s'avance.... elle est dans un
trouble.... dans une agitation.... à peine
respire-t-elle, jamais les roses de son
teint ne furent plus brillantes.... animée
par l'amour et l'espoir, cette chère fille
se croit au moment du bonheur... On
arrive au bout d'une galerie immense
que terminait la chapelle du château....
O juste ciel! quel spectacle!.... ce lieu
sacré était tendu de noir, et sur un espèce de lit funèbre entouré de cierges
ardens, reposait le corps de Williams

percé de treize poignards, tous encore
dans les plaies sanglantes qu'ils venaient d'entr'ouvrir. Voilà ton amant,
perfide, voilà comme ma vengeance
le rend à tes indignes vœux, dit Granwel;.... traître, s'écrie Henriette, en
réunissant toutes ses forces pour ne pas
succomber dans un moment aussi terrible pour elle..... Ah! tu ne m'as point
trompée, tous les excès du crime doivent
appartenir à ton âme féroce, il n'y aurait que la vertu qui m'eût surpris dans
elle; laisse-moi mourir là, cruel, c'est
la dernière grâce que je te demande. Tu
n'obtiendras pas cette faveur encore,
dit Granwel avec cette fermeté froide,
unique partage des grands scélérats....
ma vengeance n'est goûtée qu'à demi,
il en faut assouvir le reste; voilà l'autel
qui va recevoir vos sermens, c'est-là que
je veux entendre de votre bouche celui
que vous allez me faire de m'appartenir
à jamais.

Granwel veut être obéi.... Henriette
assez courageuse pour résister à cette
crise épouvantable.... Henriette, en qui

E 3

le desir de la vengeance réveille l'énergie, promet tout et retient ses larmes.
Miss, dit Granwel, dès qu'il est satisfait,
croyez maintenant à ce que je vais vous
dire, tous mes sentimens de vengeance
sont éteints, je ne pense plus qu'à réparer mes crimes..... suivez-moi, miss,
quittons cet appareil lugubre, tout nous
attend au temple, les ministres du Ciel
et le peuple nous y devancent dès long-
temps, venez y recevoir aussi-tôt ma
main..... vous accorderez cette nuit aux
premiers devoirs de l'épouse, demain je
vous ramène publiquement à Londres,
et vous rends à votre mère comme ma
femme.

Henriette jette des yeux égarés sur
Granwel, elle croit être sûre de n'être
pas trompée cette fois, mais son cœur
ulcéré n'est plus susceptible de consolation;.... déchirée par le désespoir....
dévorée du desir de la vengeance, il lui
devient impossible d'écouter d'autres
sentimens..... Mylord, dit-elle, avec la
tranquillité la plus courageuse, j'ai une
si grande confiance à ce retour inat-

tendu, que je suis prête à vous accorder de bonne grâce ce que vous pourriez obtenir par la force; quoique le ciel
n'ait pas légitimé notre union, je n'en
remplirai pas moins cette nuit les devoirs
que vous exigez, je vous conjure donc de
de remettre la célébration à Londres,
j'ai quelques répugnances à la faire ailleurs que sous les yeux de ma mère,
peu vous importe, Granwel, dès que je
vais de même me soumettre à tous vos
transports.

Quoique Granwel eût réellement desiré de devenir l'époux de cette fille, il ne
voyait pourtant qu'avec une sorte de
joie maligne qu'elle consentait encore à
risquer d'être sa dupe, et prévoyant
qu'après une nuit de jouissance il n'aurait peut-être plus autant de délicatesse,
il consentit de tout son cœur à ce qu'elle
voulait. Tout fut calme le reste du jour,
on ne changea même rien à la funèbre
décoration, étant essentiel que les
ombres les plus épaisses de la nuit pré-
sidassent à l'inhumation du malheureux
Williams.

Granwel, dit miss Stralson à l'instant
de se retirer, j'implore une nouvelle
faveur; après tout ce qui s'est passé ce
matin serai-je la maîtresse de ne pas frémir en me voyant dans les bras du meur-
trier de mon amant? Permettez qu'aucun
jour n'éclaire le lit où vous allez recevoir ma foi, ne devez vous pas cet égard à
ma pudeur, n'ai-je pas acquis par assez
de maux, le droit d'obtenir ce que j'implore? ordonnez, miss, ordonnez, répond
Granwel, il faudrait que je fusse bien
injuste pour vous refuser de telles choses. Je conçois trop facilement la violence que vous avez à vous faire, et je
permets de tout mon cœur ce qui peut
la diminuer. Miss s'incline, et rentre
chez elle, pendant que Granwel enchanté de ses infâmes succès s'applaudit
en silence d'avoir enfin triomphé de son
rival; il se couche, on emporte les flambeaux, Henriette est prévenue qu'elle
est obéie, et qu'elle peut quand elle le
voudra passer dans l'appartement nup-
tial..... elle y vient, elle était armée
d'un poignard qu'elle avait arraché elle

même du cœur de son amant... elle s'approche... sous le prétexte de guider ses pas, une de ses mains s'assure du corps de Granwel, elle y plonge de l'autre l'arme qu'elle tient, et le scélérat roule à terre en blasphémant le Ciel, et la main qui le frappe.

Henriette sort aussi-tôt de cette chambre, elle gagne en tremblant le lieu funèbre où repose *Williams*; elle tient une lampe à la main, de l'autre le poignard ensanglanté dont elle vient de servir sa vengeance... Williams, s'écrie-t-elle, *le crime nous désunit, la main de Dieu va nous rejoindre.....* reçois mon âme ô toi que j'idolâtrai toute ma vie, elle va s'anéantir dans la tienne pour ne s'en séparer jamais...... A ces mots elle se frappe, et tombe en palpitant sur ce corps froid que par un mouvement involontaire, sa bouche presse encore de ses derniers baisers.

Ces funestes nouvelles arrivèrent bientôt à Londres. Granwel y fut peu regretté. Depuis long-temps ses travers l'y rendaient odieux. Gave craignant

d'être mêlé dans cette terrible aventure, passa sur le champ en Italie, et
la malheureuse lady Stralson retourna
seule à Herreford, où elle ne cessa de
pleurer les deux pertes qu'elle venait de
faire jusqu'à l'instant où l'éternel touché
de ses larmes, daigna la rappeler dans son
sein et la réunir dans un monde meilleur,
aux personnes chéries et si dignes de
l'être, que lui avaient enlevé le libertinage, la vengeance, la cruauté,... tous
les crimes enfin nés de l'abus des richesses, du crédit, et plusque tout de l'oubli des principes de l'honnête homme,
sans lesquels, ni nous, ni ce qui nous
entoure, ne peuvent être heureux sur la
terre.

FAXELANGE

OU

LES TORTS DE L'AMBITION.

———

MONSIEUR et madame de Faxelange
possédant trente à trente-cinq mille
livres de rentes, vivaient ordinairement
à Paris. Ils n'avaient pour unique fruit
de leur hymen qu'une fille, belle comme
la déesse même de la Jeunesse. Monsieur
de Faxelange avait servi, mais il s'était
retiré jeune, et ne s'occupait depuis
lors que des soins de son ménage et de
l'éducation de sa fille. C'était un homme
fort doux, peu de génie, et d'un exel-
lent caractère ; sa femme à-peu-près de
son âge, c'est-à-dire de quarante-cinq à
cinquante ans, avait un peu plus de fi-
nesse dans l'esprit, mais à tout prendre,
il y avait entre ces deux époux beau-

E 6

coup plus de candeur et de bonne-foi, que d'astuce et de méfiance.

Mademoiselle de Faxelange venait d'atteindre sa seizième année; elle avait une de ces espèces de figures roman- tiques, dont chaque trait peint une vertu; une peau très-blanche, de beaux yeux bleus, la bouche un peu grande, mais bien ornée, une taille souple et légère, et les plus beaux cheveux du monde. Son esprit était doux comme son carac- tère; incapable de faire le mal, elle en était encore à ne pas même imaginer qu'il pût se commettre; c'était, en un mot, l'innocence et la candeur embel- lies par la main des Grâces. Mademoi- selle de Faxelange était instruite; on n'avait rien épargné pour son éducation; elle parlait fort bien l'anglais et l'italien, elle jouait de plusieurs instrumens, et peignait la miniature avec goût. Fille unique, et destinée, par conséquent, à réunir un jour le bien de sa famille, quoique médiocre, elle devait s'attendre à un mariage avantageux, et c'était depuis dix-huit mois la seule occupation de ses

parens. Mais le cœur de mademoiselle
de Faxelange n'avait pas attendu l'aveu
des auteurs de ses jours pour oser se
donner tout entier, il y avait plus de
trois ans qu'elle n'en était plus la maîtresse. Monsieur de Goé qui lui appartenait un peu, et qui allait souvent chez
elle à ce titre, était l'objet chéri de cette
tendre fille; elle l'aimait avec une sincérité.... une délicatesse qui rappellaient
ces sentimens précieux du vieil âge, si
corrompus par notre dépravation.

Monsieur de Goé méritait sans doute
un tel bonheur; il avait vingt-trois ans,
une belle taille, une figure charmante,
et un caractère de franchise absolument
fait pour sympathiser avec celui de sa
belle cousine; il était officier de dragons,
mais peu riche; il lui fallait une fille à
grosse dot, ainsi qu'un homme opulent
à sa cousine, qui, quoiqu'héritière, n'a-
vait pourtant pas une fortune immense,
ainsi que nous venons de le dire, et par
conséquent tous deux voyaient bien que
leurs intentions ne seraient jamais remplies, et que les feux dont ils brûlaient

l'un et l'autre, se consumeraient en soupirs.

Monsieur de Goé n'avait jamais instruit les parens de mademoiselle de Faxelange des sentimens qu'il avait pour leur fille ; il se doutait du refus, et sa fierté s'opposait à ce qu'il se mît dans le cas de les entendre. Mademoiselle de Faxelange, mille fois plus timide encore, s'était également bien gardée d'en dire un mot ; ainsi cette douce et vertueuse intrigue, resserrée par les nœuds du plus tendre amour, se nourrissait en paix dans l'ombre du silence, mais quelque chose qui pût arriver, tous deux s'étaient bien promis de ne céder à aucune sollicitation, et de n'être jamais l'un qu'à l'autre.

Nos jeunes amans en étaient là, lorsqu'un ami de monsieur de Faxelange vint lui demander la permission de lui présenter un homme de province qui venait de lui être indirectement recommandé. Ce n'est pas pour rien que je vous fais cette proposition, dit monsieur de Belleval ; l'homme dont je vous parle

a des biens prodigieux en France et de
superbes habitations en Amérique. L'u-
nique objet de son voyage est de chercher une femme à Paris; peut-être l'em-
mènera-t-il dans le nouveau monde,
c'est la seule chose que je craigne; mais
à cela près, si la circonstance ne vous
effraie pas trop, il est bien sûr que c'est,
dans tous les points, ce qui conviendrait à
votre fille. Il a trente-deux ans, la figure
n'est pas très-agréable.... quelque chose
d'un peu sombre dans les yeux, mais un
maintien très-noble et une éducation
singulièrement cultivée. Amenez-nous le,
dit monsieur de Faxelange.... Et s'adressant à son épouse, qu'en dites-vous, madame? Il faudra voir, répondit celle-ci;
si c'est vraiment un parti convenable,
j'y donne les mains de tout mon cœur,
quelque peine que puisse me faire éprouver la séparation de ma fille.... je l'a-
dore, son absence me désolera, mais je
ne m'opposerai point à son bonheur.
Monsieur de Belleval enchanté de ses
premières ouvertures, prend jour avec
les deux époux, et l'on convient que le

jeudi d'ensuite le baron de Franlo sera
présenté chez madame de Faxelange.

Monsieur le baron de Franlo était à
Paris depuis un mois, occupant le plus
bel appartement de l'hôtel de Chartres,
ayant un très-beau remise, deux laquais,
un valet-de-chambre, une grande quan-
tité de bijoux, un porte-feuille plein de
lettres de change, et les plus beaux ha-
bits du monde. Il ne connaissait nullement monsieur de Belleval, mais il connaissait, prétendait-il, un ami intime de
ce monsieur de Belleval, qui, loin de
Paris pour dix-huit mois, ne pouvait
être, par conséquent, d'aucune utilité
au baron; il s'était présenté à la porte de
cet homme, on lui avait dit qu'il était
absent, mais que monsieur de Belleval
étant son plus intime ami, il ferait bien
de l'aller trouver; en conséquence, c'é-
tait à monsieur de Belleval que le baron
avait présenté ses lettres de recomman-
dation, et monsieur de Belleval, pour
rendre service à un honnête homme, ne
s'était pas fait difficulté de les ouvrir, et
de rendre au baron tous les soins que

cet étranger eût reçu de l'ami de Belleval, s'il se fût trouvé présent.

Belleval ne connaissait nullement les
personnes de province qui recomman-
daient le baron, il ne les avait même
jamais entendu nommer à son ami, mais
il pouvait fort bien ne pas connaître tout
ce que son ami connaissait ; ainsi nul
obstacle à l'intérêt qu'il affiche dès-lors
pour Franlo. C'est un ami de mon ami;
n'en voilà-t-il pas plus qu'il n'en faut
pour légitimer dans le cœur d'un honnête homme, le motif qui l'engage à
rendre service ?

Monsieur de Belleval, chargé du baron de Franlo, le conduisait donc par-
tout; aux promenades, aux spectacles,
chez les marchands, on ne les rencon-
trait jamais qu'ensemble. Il était essentiel d'établir ces détails, afin de légitimer
l'intérêt que Belleval prenait à Franlo,
et les raisons pour lesquelles le croyant
un excellent parti, il le présentait chez
les Faxelange.

Le jour pris pour la visite attendue,
madame de Faxelange, sans prévenir sa

fille, la fait parer de ses plus beaux atours ; elle lui recommande d'être la plus polie et la plus aimable possible, devant l'étranger qu'elle va voir, et de faire sans difficulté usage de ses talens, si on l'exige, parce que cet étranger est un homme qui leur est personnellement recommandé, et que monsieur de Faxelange et elle, ont des raisons de bien recevoir.

Cinq heures sonnent; c'était l'instant annoncé, et monsieur de Franlo parait sous l'escorte de monsieur de Belleval; il était impossible d'être mieux mis, d'avoir un ton plus décent, un maintien plus honnête, mais nous l'avons dit, il y avait un certain je ne sais quoi dans la physionomie de cet homme, qui déprévenait sur-le-champ, et ce n'était que par beaucoup d'art dans ses manières, beaucoup de jeu dans les traits de son visage, qu'il réussissait à couvrir ce défaut.

La conversation s'engage; on y discute différens objets, et monsieur de Franlo les traite tous, comme l'homme

du monde le mieux élevé,..... le plus
instruit. On raisonne sur les sciences;
monsieur de Franlo les analyse toutes;
les arts ont leur tour ; Franlo prouve
qu'il les connaît, et qu'il n'en est aucun dont il n'ait quelquefois fait ses
délices.... On politique, même profon-
deur; cet homme règle le monde entier,
et tout cela, sans affectation , sans se
prévaloir, mêlant à tout ce qu'il dit un
air de modestie qui semble demander
l'indulgence, et prévenir qu'il peut se
tromper, qu'il est bien loin d'être sûr de
ce qu'il ose avancer. On parle de musique. Monsieur de Belleval prie mademoiselle de Faxelange de chanter; elle
le fait en rougissant, et Franlo, au second air, lui demande la permission de
l'accompagner d'une guitarre qu'il voit
sur un fauteuil ; il pince cet instrument
avec toutes les grâces et toute la justesse
possibles, laissant voir à ses doigts, sans
affectation, des bagues d'un prix prodigieux. Mademoiselle de Faxelange re-
prend un troisième air, absolument du
jour; monsieur de Franlo l'accompagne

sur le piano avec toute la précision des plus grands maîtres. On invite mademoiselle de Faxelange à lire quelques traits de Pope en anglais; Franlo lie sur-le-champ la conversation dans cette langue, et prouve qu'il la possède au mieux.

Cependant la visite se termina sans qu'il fût rien échappé au baron, qui témoigna sa façon de penser sur mademoiselle de Faxelange, et le père de cette jeune personne enthousiasmé de sa nouvelle connaissance, ne voulut jamais se séparer sans une promesse intime de monsieur de Franlo de venir dîner chez lui le dimanche d'ensuite.

Madame de Faxelange moins engouée, en raisonnant le soir sur ce personnage, ne se rencontra pas tout-à-fait de l'avis de son époux; elle trouvait, disait-elle, à cet homme, quelque chose de si révoltant au premier coup-d'œil, qu'il lui semblait que s'il venait à desirer sa fille, elle ne la lui donnerait jamais qu'avec beaucoup de peine. Son mari combattit cette répugnance; Franlo était, disait-il, un homme charmant, il était impossible d'être plus instruit, d'avoir un plus joli maintien, que pouvait faire la figure? faut-il s'arrêter à ces choses-là dans un homme? que madame de Faxelange au reste n'eût pas de craintes, elle ne serait pas assez heureuse pour que Franlo voulût jamais s'allier à elle, mais si par hazard il le voulait, ce serait assurément une folie que de manquer un tel parti. Leur fille devait-elle jamais s'attendre à en trouver un de cet importance? Tout cela ne convainquait pas une mère prudente; elle prétendait que la physionomie était le miroir de l'âme, et que si celle de Franlo répondait à sa figure, assurément ce n'était point là le mari qui devait rendre sa chère fille heureuse.

Le jour du dîner arriva : Franlo mieux paré que l'autre fois, plus profond et plus aimable encore, en fit l'ornement et les délices, on le mit au jeu en sortant de table avec mademoiselle de Faxelange, Belleval et un autre homme de la société; Franlo fut très-malheureux et le fut avec une noblesse étonnante, il perdit tout ce qu'on peut perdre, c'est souvent

une manière d'être aimable dans le
monde, notre homme ne l'ignorait pas.
Un peu de musique suivit, et monsieur
de Franlo joua de trois ou quatre sortes
d'instrumens divers. La journée se termina par *les Français*, où le baron donna
publiquement la main à mademoiselle
de Faxelange, et l'on se sépara.

Un mois se passa de la sorte, sans
qu'on entendît parler d'aucune proposition; chacun de son côté se tenait sur
la réserve; les Faxelange ne voulaient pas
se jeter à la tête, et Franlo qui de son
côté desirait fort de réussir, craignait
de tout gâter par trop d'empressement.

Enfin monsieur de Belleval parut, et
pour cette fois, chargé d'une négociation
en règle, il déclara formellement à monsieur et à madame de Faxelange, que
monsieur le baron de Franlo, originaire
du Vivarais, possédant de très-grands
biens en Amérique, et desirant de se
marier, avait jeté les yeux sur mademoiselle de Faxelange, et faisait demander
aux parens de cette charmante personne
s'il lui était permis de former quelque
espoir ?

Les premières réponses, pour la forme, furent que mademoiselle de Faxelange était encore bien jeune pour s'occuper de l'établir; et quinze jours après on fit prier le baron à dîner; là, monsieur de Franlo fut engagé à s'expliquer. Il dit: qu'il possédait trois terres en Vivarais, de la valeur de douze à quinze mille livres de rente chacune; que son père ayant passé en Amérique y avait épousé une créole, dont il avait eu près d'un million de bien, qu'il héritait de ces possessions n'ayant plus de parens, et que ne les ayant jamais reconnues, il était décidé à y aller avec sa femme aussi-tôt qu'il serait marié.

Cette clause déplut à madame de Faxelange, elle avoua ses craintes; à cela Franlo répondit qu'on allait maintenant en Amérique comme en Angleterre, que ce voyage était indispensable pour lui, mais qu'il ne durerait que deux ans, et qu'à ce terme il s'engageait à ramener sa femme à Paris; qu'il ne restait donc plus que l'article de la séparation de la chère fille avec sa mère, mais qu'il fallait bien toujours qu'elle eût lieu, son projet n'étant pas d'habiter constamment Paris, où ne se trouvant qu'au ton de tout le monde, il ne pouvait être avec le même agrément que dans des terres où sa fortune lui faisait jouer un grand rôle. On entra ensuite dans quelqu'autres détails, et cette première entrevue cessa, en priant Franlo de vouloir bien donner lui-même le nom de quelqu'un de connu dans sa province à qui l'on pût s'adresser pour les informations toujours d'usage en pareil cas. Franlo nullement surpris du projet de ces sûretés, les approuva, les conseilla, et dit, que ce qui lui paraissait le plus simple et le plus prompt était de s'adresser dans les bureaux du ministre. Le moyen fut approuvé; monsieur de Faxelange y fut le lendemain, il parla au ministre même, qui lui certifia que monsieur de Franlo, actuellement à Paris, était très-certainement un des hommes du Vivarais, et qui valut le mieux, et qui fut le plus riche. Monsieur de Faxelange plus échauffé que jamais sur cette affaire, rapporta ces excellentes

excellentes nouvelles à sa femme, et n'ayant pas envie de différer plus long-temps, on fit venir mademoiselle de Faxelange dès le même soir, et l'on lui proposa monsieur de Franlo pour époux.

Depuis quinze jours cette charmante fille s'était bien apperçu qu'il y avait quelques projets d'établissement pour elle, et par un caprice assez ordinaire aux femmes, l'orgueil imposa silence à l'amour; flattée du luxe et de la magnificence de Franlo, elle lui donna insensiblement la préférence sur monsieur de Goé, de manière qu'elle répondit affirmativement qu'elle était prête à faire ce qu'on lui proposait, et qu'elle obéirait à sa famille.

Goé n'avait pas été de son côté dans une telle indifférence qu'il n'eût appris une partie de ce qui se passait. Il accourut chez sa maîtresse et fut consterné du froid qu'elle afficha; il s'exprime avec toute la chaleur que lui inspire le feu dont il brûle, il mêle à l'amour le plus tendre, les reproches les plus amers, il dit à celle qu'il aime, qu'il voit bien

Tome II.   F

d'où naît un changement qui lui donne
la mort; aurait-il dû la soupçonner jamais
d'une infidélité si cruelle! des larmes
viennent ajouter de l'intérêt et dé l'é-
nergie aux sanglantes plaintes de ce
jeune homme; mademoiselle de Faxelange s'émeut, elle avoue sa faiblesse, et
tous deux conviennent qu'il n'y a pas
d'autre façon de réparer le mal commis,
que de faire agir les parens de monsieur
de Goé; cette résolution se suit; le jeune
homme tombe aux pieds de son père, il
le conjure de lui obtenir la main de sa
cousine, il proteste d'abandonner à jamais
la France si on lui refuse cette faveur,
et fait tant, que monsieur de Goé at-
tendri va dès le lendemain trouver
Faxelange et lui demande sa fille. Il est
remercié de l'honneur qu'il fait; mais
on lui déclare qu'il n'est plus temps et
que les paroles sont données. Monsieur
de Goé qui n'agit que par complaisance,
qui dans le fond n'est point fâché de
voir mettre des obstacles à un mariage
qui ne lui convient pas trop, revient
annoncer froidement cette nouvelle à

son fils, le conjure en même temps de changer d'idée, et de ne point s'opposer au bonheur de sa cousine.

Le jeune Goé, furieux, ne promet rien ; il accourt chez mademoiselle de Faxelange, qui flottant sans cesse entre son amour et sa vanité, est bien moins délicate cette fois-ci que l'autre, et tâche d'engager son amant à se consoler du parti qu'elle est à la veille de prendre ; monsieur de Goé essaye de paraître calme, il se contient, il baise la main de sa cousine, et sort dans un état d'autant plus cruel, qu'il est contraint à le déguiser, pas assez cependant pour ne pas jurer à sa maîtresse qu'il n'adorera jamais qu'elle, mais qu'il ne veut pas troubler son bonheur.

Franlo pendant ceci, prévenu par Belleval, qu'il est temps d'attaquer sérieusement le cœur de mademoiselle de Faxelange, attendu qu'il y a des rivaux à craindre, met tout en usage pour se rendre encore plus aimable ; il envoie des présens superbes à sa future épouse, qui, d'accord avec ses parens, ne fait

aucune difficulté de recevoir les galan-
teries d'un homme qu'elle doit regarder
comme son mari ; il loue une maison
charmante à deux lieues de Paris , et y
donne pendant huit jours de suite des
fêtes délicieuses à sa maîtresse ; ne ces-
sant de joindre ainsi la séduction la plus
adroite aux démarches sérieuses qui
doivent tout conclure, il a bientôt tourné
la tête de notre chère fille , il en a bientôt effacé son rival.

Il restait pourtant à mademoiselle de
Faxelange des momens de souvenirs, où
ses larmes coulaient involontairement;
elle éprouvait des remords affreux de
trahir ainsi le premier objet de sa tendresse , celui qu'elle avait tant aimé
depuis son enfance... Qu'a-t-il donc fait
pour mériter cet abandon de ma part,
se demandait-elle avec douleur ? A-t-il
cessé de m'adorer ?... hélas non , et je
le trahis... et pour qui, grand dieu!
pour qui donc ?... pour un homme que
je ne connais point... qui me séduit par
son faste... et qui me fera peut-être
payer bien cher cette gloire où je sa-

crifie mon amour... Ah! les vaines fleu-
rettes qui me séduisent... valent-elles
ces expressions délicieuses de Goé... ces
sermens si sacrés de m'adorer toujours...
ces larmes du sentiment qui les accom-
pagnent... O dieu! que de regrets, si
j'allais être trompée; mais pendant toutes
ces réflexions, on parait la divinité pour
une fête, on l'embellissait des présens
de Franlo, et elle oubliait ses remords.

Une nuit, elle rêva que son prétendu,
transformé en bête féroce, la précipitait
dans un gouffre de sang où surnageait
une foule de cadavres, elle élevait en
vain sa voix pour obtenir des secours de
son mari, il ne l'écoutait pas... Goé survient, il la retire, il l'abandonne... elle
s'évanouit... Ce rêve affreux la rendit
malade deux jours; une nouvelle fête
dissipa ces farouches illusions, et mademoiselle de Faxelange, séduite, fut au
point de s'en vouloir à elle-même de
l'impression qu'elle avait pu ressentir de
ce chimérique rêve. (1)

_____

(1) Les rêves sont des mouvemens secrets

Tout se préparait enfin, et Franlo pressé de conclure, était au moment de prendre jour, quand notre héroïne

---

qu'on ne met pas assez à leur vraie place; la moitié des hommes s'en moque, l'autre portion y ajoute foi; il n'y aurait aucun in-convénient à les écouter, et à s'y rendre même, dans le cas que je vais dire. Lorsque nous attendons le résultat d'un événement quel-conque, et que la manière dont il doit suc-céder pour nous, nous occupe tout le long du jour, nous y rêvons très - certainement; or, notre esprit alors, uniquement occupé de son objet, nous fait presque toujours voir une des faces de cet événement où nous n'avons souvent pas pensé pendant la veille, et dans ce cas, quelle superstition, quel inconvé-nient, quelle faute enfin contre la philoso-phie y aurait-il, à classer dans le nombre des résultats de l'événement attendu, celui que le rêve nous a offert, et à se conduire en con-séquence. Il me semble que ce ne serait qu'un surcroit de sagesse; car enfin ce rêve, est sur le résultat de l'événement en question, un des efforts de l'esprit, qui nous ouvre et in-dique une face nouvelle à l'événement; que cet effort se fasse en dormant, ou en veil-lant, qu'importe: voilà toujours une des com-

reçut de lui, un matin, le billet suivant :

Un homme furieux et que je ne connais point, me prive du bonheur de donner ce soir à souper, comme je m'en flattais, à monsieur et madame de Faxelange et à leur adorable fille ; cet homme qui dit que je lui enlève le bonheur de sa vie, a voulu se battre et m'a donné un coup d'épée, que je lui rendrai, j'espère, dans quatre jours ; mais on me met au régime 24 heures. Quelle privation pour moi de ne pouvoir, comme je l'espérais ce

---

binaisons trouvées, et tout ce que vous ferez en raison d'elle, ne peut jamais être une folie, et ne doit être jamais accusé de superstition. L'ignorance de nos pères les conduisait sans doute à de grandes absurdités; mais croit-on que la philosophie n'ait pas aussi ses écueils; à force d'analyser la nature, nous ressemblons au chymiste qui se ruine pour faire un peu d'or. Elaguons, mais n'anéantissons pas tout, parce qu'il y a dans la nature des choses très-singulières, et que nous ne devinerons jamais.

soir, renouveller à mademoiselle de Faxelange les sermens de l'amour.

Du baron de FRANLO.

Cette lettre ne fut pas un mystère pour mademoiselle de Faxelange; elle se hâta d'en faire part à sa famille, et crut le devoir pour la sûreté même de son ancien amant, qu'elle était désolée de sentir ainsi se compromettre pour elle... pour elle qui l'outrageait si cruellement; cette démarche hardie et impétueuse d'un homme qu'elle aimait encore, balançait furieusement les droits de Franlo; mais si l'un avait attaqué, l'autre avait perdu son sang, et mademoiselle de Faxelange était dans le malheureux cas, de tout interpréter maintenant en faveur de Franlo; Goé eut donc tort, et Franlo fut plaint.

Pendant que monsieur de Faxelange vole chez le père de Goé pour le prévenir de ce qui se passe, Belleval, madame et mademoiselle de Faxelange vont consoler Franlo qui les reçoit sur une chaise longue, dans le deshabiller

le plus coquet, et avec cette sorte d'a-
battement dans la figure, qui semblait
remplacer par de l'intérêt, ce qu'on y
trouvait par fois de choquant.

Monsieur de Belleval et son protégé
profitèrent de la circonstance pour engager madame de Faxelange à presser:
cette affaire pouvait avoir des suites...
obliger peut-être Franlo à quitter Paris,
le voudrait-il sans avoir terminé... et
mille autres raisons que l'amitié de monsieur Belleval et l'adresse de monsieur
de Franlo, trouvèrent promptement et
firent valoir avec énergie.

Madame de Faxelange était tout-à-
fait vaincue; séduite comme toute la famille, par l'extérieur de l'ami de Belleval, tourmentée par son mari, et ne
voyant dans sa fille que d'excellentes
dispositions pour cet hymen, elle s'y
préparait maintenant sans la moindre
répugnance, elle termina donc la visite
en assurant Franlo que le premier jour
où sa santé lui permettrait de sortir,
serait celui du mariage. Notre politique
amant témoigna quelques tendres in-

quiétudes à mademoiselle de Faxelange
sur le rival que tout cela venait de lui
faire connaître ; celle - ci le rassura le
plus honnêtement du monde, en exi-
geant néanmoins de lui sa parole, qu'il
ne poursuivrait jamais Goé, de quelque manière que ce pût être, Franlo
promit et l'on se sépara.

Tout s'arrangeait chez le père de
Goé, son fils était convenu de ce que
la violence de son amour lui avait fait
faire ; mais si-tôt que ce sentiment déplaisait à mademoiselle de Faxelange,
dès qu'il en était aussi cruellement
délaissé, il ne chercherait pas à la
contraindre ; monsieur de Faxelange
tranquille, ne songea donc plus qu'à
conclure. Il fallait de l'argent, monsieur
de Franlo passant tout de suite en Amérique, était bien aise ou d'y réparer, ou
d'y augmenter ses possessions, et c'était
à cela qu'il comptait placer la dot de sa
femme. On était convenu de quatre cents
mille francs, c'était une furieuse brèche
à la fortune de monsieur de Faxelange ;
mais il n'avait qu'une fille, tout de-

vait lui revenir un jour, c'était une affaire qui ne se retrouverait plus, il fallait donc se sacrifier. On vendit, on engagea, bref la somme se trouva prête
le sixième jour depuis l'aventure de
Franlo, et à environ trois mois de l'é-
poque où il avait vu mademoiselle de
Faxelange pour la première fois. Il parut enfin comme son époux; les amis, la
famille, tout se rassembla, le contract
fut signé, l'on convint de faire la cérémonie le lendemain sans éclat, et que
deux jours après Franlo partirait avec
son argent et sa femme.

Le soir de ce fatal jour, monsieur de
Goé fit supplier sa cousine de lui accorder un rendez-vous dans un endroit
secret qu'il lui indiqua, et où il savait
bien que mademoiselle de Faxelange
avait la possibilité de se rendre; sur le
refus de celle-ci, il renvoya un second
message, en faisant assurer sa cousine
que ce qu'il avait à lui dire était d'une
trop grande conséquence, pour qu'elle
pût refuser de l'entendre : notre héroïne
infidèle, séduite... éblouie, mais ne pou-

vant haïr son ancien amant, cède enfin
et se rend à l'endroit convenu.

Je ne viens point, dit monsieur de
Goé à sa cousine, dès qu'il l'apperçut,
je ne viens point mademoiselle troubler
ce que votre famille et vous, appellez le
bonheur de votre vie, mais la probité
dont je fais profession, m'oblige à vous
avertir qu'on vous abuse ; l'homme que
vous épousez est un escroc, qui, après
vous avoir volé, vous rendra peut-être
la plus malheureuse des femmes, c'est
un fripon et vous êtes trompée. A ce
discours mademoiselle de Faxelange
dit à son cousin, qu'avant que de se
permettre de diffamer aussi cruellement
quelqu'un, il fallait des preuves plus
claires que le jour. Je ne les possède pas
encore, dit monsieur de Goé, j'en conviens, mais on s'informe, et je puis être
éclairé dans peu. Au nom de tout ce
qui vous est le plus cher, obtenez un
délai de vos parens. Cher cousin, dit
mademoiselle de Faxelange en souriant, votre feinte est découverte, vos
avis ne sont qu'un prétexte, et les dé-

lais que vous exigez, qu'un moyen pour
essayer de me détourner d'un arrangement qui ne peut plus se rompre; avouez-
moi donc votre ruse, je vous la pardonne, mais ne cherchez pas à m'inquiéter sans raison, dans un moment où il
n'est plus possible de rien déranger.
Monsieur de Goé, qui réellement n'a-
vait que des soupçons, sans aucune certitude réelle, et qui dans le fait ne cherchait qu'à gagner du temps, se précipite aux genoux de sa maîtresse : ô toi
que j'adore, s'écrie-t-il, toi que j'idolâ-
trerai jusqu'au tombeau, c'en est donc
fait du bonheur de mes jours, et tu
vas me quitter pour jamais... Je l'a-
voue, ce que j'ai dit n'est qu'un soupçon, mais il ne peut sortir de mon esprit, il me tourmente encore plus que
le désespoir où je suis de me séparer de
toi... Daigneras-tu au faîte de ta gloire,
te souvenir de ces temps si doux de notre
enfance... de ces momens délicieux où
tu me jurais de n'être jamais qu'à moi...
Ah! comme ils ont passé ces instans du
plaisir, et que ceux de la douleur vont

être longs ! qu'avais-je fait pour mériter cet abandon de ta part? dis cruelle,
qu'avais-je fait? et pourquoi sacrifies-tu
celui qui t'adore? t'aime-t-il autant que
moi, ce monstre qui te ravit à ma tendresse ? t'aime-t-il depuis aussi long-
temps?... Des larmes coulaient avec
abondance des yeux du malheureux
Goé... et il serrait avec expression la
main de celle qu'il adorait, il la portait
alternativement et sur sa bouche et sur
son cœur.

Il était difficile que la sensible Faxelange ne se trouva pas un peu émue de
tant d'agitation.... elle laissa échapper
quelques pleurs.... Mon cher Goé, dit-
elle à son cousin, crois que tu me seras
toujours cher; je suis obligée d'obéir,
tu vois bien qu'il était impossible que
nous fussions jamais l'un à l'autre. —
Nous aurions attendu. — Oh dieu ! fon-
der sa prospérité sur le malheur de ses
parens. — Nous ne l'aurions pas desiré,
mais nous étions en âge d'attendre. —
Et qui m'eût répondu de ta fidélité? —
Ton caractère.... tes charmes, tout ce

qui t'appartient..... On ne cesse jamais
d'aimer, quand c'est toi qu'on adore....
Si tu voulais être encore à moi.... fuyons
au bout de l'univers, ose m'aimer assez
pour me suivre. — Rien au monde ne
me déterminerait à cette démarche; va,
console-toi, mon ami, oublie-moi, c'est
ce qui te reste de plus sage à faire; mille
beautés te dédommageront. — N'ajoute
pas l'outrage à l'infidélité; moi t'oublier,
cruelle, moi me consoler jamais de ta
perte! non, tu ne le crois pas, tu ne m'as
jamais soupçonné assez lâche pour oser
le croire un instant. — Ami, trop malheureux, il faut nous séparer, tout ceci
ne fait que m'affliger sans remède, il n'en
reste plus aux maux dont tu te plains....
séparons-nous, c'est le plus sage. — Eh
bien! je vais t'obéir, je vois que c'est la
dernière fois de ma vie que je te parle,
n'importe, je vais t'obéir, perfide; mais
j'exige de toi deux choses, porteras-tu
la barbarie jusqu'à me les refuser? —
Eh quoi? — Une boucle de tes cheveux,
et ta parole de m'écrire une fois tous les
mois, pour m'apprendre au moins si tu

es heureuse.... je me consolerai si tu
l'es.... mais si jamais ce monstre.... crois-
moi, chère amie, oui, crois-moi.... j'i-
rais te chercher au fond des enfers pour
t'arracher à lui. — Que jamais cette
crainte ne te trouble, cher cousin,
Franlo est le plus honnête des hommes,
je ne vois que sincérité.... que délicatesse dans lui.... je ne lui vois que des
projets pour mon bonheur. — Ah ! juste
ciel, où est le temps où tu disais que ce
bonheur ne serait jamais possible qu'a-
vec moi.... Eh bien ! m'accorde - tu ce
que je te demande ? Oui, répondit mademoiselle de Faxelange ; tiens, voilà
les cheveux que tu desires, et sois bien
sûre que je t'écrirai ; séparons - nous,
il le faut. En prononçant ces mots, elle
tend une main à son amant.... mais la
malheureuse se croyait mieux guérie
qu'elle ne l'était..... quand elle sentit
cette main inondée des pleurs de celui
qu'elle avait tant chéri.... ses sanglots la
suffoquèrent, et elle tomba sur un fauteuil, sans connaissance. Cette scène se
passait chez une femme attachée à ma-

demoiselle de Faxelange, qui se hâta de
la secourir, et ses yeux ne se r'ouvrirent
que pour voir son amant arrosant ses
genoux des larmes du désespoir; elle rap-
pelle son courage.... toutes ses forces....
elle le relève.... Adieu, lui dit-elle,
adieu, aime toujours celle à qui tu seras
chère jusqu'au dernier jour de sa vie;
ne me reproche plus ma faute, il n'est
plus temps; j'ai été séduite.... entraînée....
mon cœur ne peut plus écouter que son
devoir; mais tous les sentimens qu'il
n'exigera pas, seront à jamais à toi. Ne
me suis point. Adieu.

Goé se retira dans un état terrible, et
mademoiselle de Faxelange fut chercher
dans le sein d'un repos qu'en vain elle
implora, quelque calme aux remords
dont elle était déchirée, et desquels naissait une sorte de pressentiment dont elle
n'était pas la maîtresse. Cependant la
cérémonie du jour.... les fêtes qui devaient l'embellir, tout calma cette fille
trop faible; elle prononça le mot fatal
qui la liait à jamais.... tout l'étourdit....
tout l'entraîna le reste du jour, et dès la

même nuit, elle consomma le sacrifice affreux qui la séparait éternellement du seul homme qui fût digne d'elle.

Le lendemain, les apprêts du départ occupèrent; le jour d'après, accablée des carresses de ses parens, madame de Franlo monta dans la chaise de poste de son mari, munie des quatre cent mille francs de sa dot, et l'on partit pour le Vivarais. Franlo y allait, disait-il, pour six semaines, avant de s'embarquer pour l'Amérique, où il passerait sur un vaisseau de la Rochelle, dont il s'était assuré d'avance.

L'équipage de nos nouveaux époux consistait en deux valets à cheval appartenans à monsieur de Franlo, et une femme de chambre à madame, attachée à elle depuis l'enfance, que la famille avait demandé qu'on lui laissât toute la vie. On devait prendre de nouveaux domestiques quand on serait au lieu de la destination.

On fut à Lyon sans s'arrêter, et jusques-là, les plaisirs, la joie, la délicatesse, accompagnèrent nos deux voyageurs; à

Lyon tout change de face. Au lieu de descendre dans un hôtel garni, comme le pratiquent d'honnêtes gens, Franlo fut se loger dans une auberge obscure au-delà du pont de la Guillotière. Il y soupa, et au bout de deux heures, il congédia un de ses valets, prit un fiacre avec l'autre, son épouse et la femme de chambre, se fit suivre par une charrette où était tout le bagage, et fut coucher à plus d'une lieue de la ville, dans un cabaret entièrement isolé sur les bords du Rhône.

Cette conduite alarma madame de Franlo. Où me conduisez-vous donc, monsieur, dit-elle à son mari? Eh parbleu! madame, dit celui-ci d'un air brusque.... avez-vous peur que je vous perde? il semblerait, à vous entendre, que vous fussiez dans les mains d'un fripon. Nous devons nous embarquer demain matin; j'ai pour usage, afin d'être plus à portée, de me loger la veille sur le bord de l'eau; des bateliers m'attendent-là, et nous perdons ainsi beaucoup moins de temps. Madame de Franlo se tut. On arriva dans une tanière dont les abords faisaient frémir ; mais quel fut l'étonnement de la malheureuse Faxelange, quand elle entendit la maîtresse de cette effrayante taverne, plus affreuse encore que son logis.... quand elle l'entendit dire au prétendu baron, ah ! te voilà, Tranche-Montagne, tu t'es fait diablement attendre ; fallait-il donc tant de temps pour aller chercher cette fille ? Va, il y a bien des nouvelles depuis ton départ ; la Roche a été branché hier aux Terreaux.... Casse-Bras est encore en prison ; on lui fera peut-être son affaire aujourd'hui ; mais n'aie point d'inquiétude, aucun n'a parlé de toi, et tout va toujours bien là-bas, ils ont fait une capture du diable ces jours-ci, il y a eu six personnes de tuées, sans que tu y aies perdu un seul homme. Un frémissement universel s'empara de la malheureuse Faxelange.... Qu'on se mette un instant à sa place, et qu'on juge de l'effet affreux que devait produire sur son âme délicate et douce, la chûte aussi subite de l'illusion qui la séduisait. Son mari s'apperce-

vant de son trouble, s'approcha d'elle,
madame, lui dit-il avec fermeté, il n'est
plus temps de feindre, je vous ai trompée, vous le voyez, et comme je ne veux
pas que cette coquine-là, continua-t-il
en regardant la femme de chambre,
puisse en donner des nouvelles, trouvez
bon, dit-il, en tirant un pistolet de sa
poche, et brûlant la cervelle à cette infortunée, trouvez bon, madame, que ce
soit comme cela que je l'empêche d'ouvrir jamais la bouche.... Puis reprenant
aussi-tôt dans ses bras son épouse presqu'évanouie.... quant à vous, madame,
soyez parfaitement tranquille, je n'aurai
pour vous que d'excellens procédés; sans
cesse en possession des droits de mon
épouse, vous jouirez par-tout de ces pré-
rogatives, et mes camarades, soyez-en
bien sûre, respecteront toujours en vous
la femme de leur chef. Comme l'intéressante créature dont nous écrivons l'histoire se trouvait dans une situation des
plus déplorables, son mari lui donna tous
ses soins, et quand elle fut un peu revenue, ne voyant plus la chère compagne

dont Franlo venait de faire jeter le cadavre dans la rivière, elle se remit à fondre en larmes. Que la perte de cette femme ne vous inquiète point, dit Franlo, il était impossible que je vous la laissasse; mais mes soins pourvoiront à ce que rien ne vous manque, quoique vous ne l'ayiez plus auprès de vous, et voyant sa malheureuse épouse un peu moins alarmée, madame, continua-t-il, je n'étais point né pour le métier que je fais, c'est le jeu qui m'a précipité dans cette carrière d'infortune et de crimes; je ne vous en ai point imposé en me donnant à vous pour le baron de Franlo, ce nom et ce titre m'ont appartenu; j'ai passé ma jeunesse au service, j'y avais dissipé à vingt-huit ans le patrimoine dont j'avais hérité depuis trois, il n'a fallu que ce court intervalle pour me ruiner; celui entre les mains duquel ont passé ma fortune et mon nom, étant maintenant en Amérique, j'ai cru pouvoir pendant quelques mois à Paris tromper le public en reprenant ce que j'avais perdu; la feinte a réussi au-delà

de mes desirs; votre dot me coûte cent
mille franc de frais, j'y gagne donc,
comme vous voyez, cent mille écus, et
une femme charmante, une femme que
j'aime, et de laquelle je jure d'avoir toute
ma vie le plus grand soin. Qu'elle daigne
donc, avec un peu de calme, entendre
la suite de mon histoire; mes malheurs
essuyés, je pris parti dans une troupe de
bandits qui désolait les provinces cen-
trales de la France (funeste leçon aux
jeunes gens qui se laisseront emporter à
la folle passion du jeu), je fis des coups
hardis dans cette troupe, et deux ans
après y être entré, j'en fus reconnu pour
le chef; j'en changeai la résidence, je
vins habiter une vallée déserte, resserrée, dans les montagnes du Vivarais, qu'il
est presqu'impossible de pouvoir découvrir, et où la justice n'a jamais pénétrée.
Tel est le lieu de mon habitation, madame, tels sont les états dont je vais
vous mettre en possession; c'est le quar-
tier-général de ma troupe, et c'est de-là
d'où partent mes détachemens; je les
pousse au nord jusqu'en Bourgogne, au

midi jusqu'aux bords de la mer, ils vont
à l'orient jusqu'aux frontières du Piémont, au couchant jusqu'au-delà des
montagnes d'Auvergne ; je commande
quatre cents hommes, tous déterminés
comme moi, et tous prêts à braver mille
morts, et pour vivre et pour s'enrichir.
Nous tuons peu en faisant nos coups, de
peur que les cadavres ne nous trahissent;
nous laissons la vie à ceux que nous ne
craignons pas, nous forçons les autres à
nous suivre dans notre retraite, et nous
ne les égorgeons que là, après avoir tiré
d'eux et tout ce qu'ils peuvent posséder
et tous les renseignemens qui nous sont
utiles. Notre façon de faire la guerre est
un peu cruelle, mais notre sûreté en dépend. Un gouvernement juste devrait-il
souffrir que la faute qu'un jeune homme
fait en dissipant son bien si jeune, soit
punie du supplice affreux de végéter
quarante ou cinquante ans dans la mi-
sère ? Une imprudence le dégrade-t-elle?
le déshonore-t-elle ? Faut-il, parce qu'il a
été malheureux, ne lui laisser d'autres ressources que l'avilissement ou les chaînes?
On

On fait des scélérats avec de tels principes, vous le voyez, madame, j'en suis
la preuve. Si les loix sont sans vigueur
contre le jeu, si elles l'autorisent au contraire, qu'on ne permette pas au moins
qu'un homme ait au jeu le droit d'en
dépouiller totalement un autre, ou si
l'état dans lequel le premier réduit le second au coin d'un tapis verd, si ce crime,
dis-je, n'est réprimé par aucune loi,
qu'on ne punisse pas aussi cruellement
qu'on le fait, le délit à-peu-près égal
que nous commettons en dépouillant de
même le voyageur dans un bois; et que
peut donc importer la manière, dès que
les suites sont égales? Croyez-vous qu'il
y ait une grande différence entre un
banquier de jeu vous volant au *Palais
Royal*, ou Tranche-Montagne vous demandant la bourse au *bois de Boulogne?*
c'est la même chose, madame, et la
seule distance réelle qui puisse s'établir
entre l'un et l'autre, c'est que le banquier
vous vole en poltron, et l'autre en homme
de courage. Revenons à vous, madame;
je vous destine donc à vivre chez moi dans

Tome II.   G

la plus grande tranquillité ; vous trouverez quelques autres femmes de mes
camarades qui pourront vous former un
petit cercle.... peu amusant, sans doute,
ces femmes-là sont bien loin de votre état
et de vos vertus, mais elles vous seront
soumises, elles s'occuperont de vos plaisirs, et ce sera toujours une distraction.
Quant à votre emploi dans mes petits
domaines, je vous l'expliquerai quand
nous y serons; ne pensons ce soir qu'à
votre repos, il est bon que vous en pre-
niez un peu, pour être en état de partir
demain de très-bonne heure.

Franlo ordonna à la maîtresse du logis
d'avoir tous les soins possibles de son
épouse, et il la laissa avec cette vieille;
celle-ci ayant bien changé de ton avec
madame de Franlo, depuis qu'elle voyait
à qui elle avait affaire, la contraignit
de prendre un bouillon coupé avec du
vin de l'hermitage, dont la malheureuse
femme avala quelques gouttes pour ne
pas déplaire à son hôtesse, et l'ayant
ensuite suppliée de la laisser seule le reste
de la nuit, cette pauvre créature se

livra dès qu'elle fut en paix à toute l'a-
mertume de sa douleur.

O mon cher Goé, s'écriait-elle au milieu de ses sanglots, comme la main de
Dieu me punit de la trahison que je t'ai
faite! je suis à jamais perdue, une retraite impénétrable va m'ensevelir aux
yeux de l'univers, il me deviendra même
impossible de t'instruire des malheurs
qui m'accableront, et quand on ne m'en
empêcherait pas, l'oserais-je après ce
que je t'ai fais? serais-je encore digne
de ta pitié..... et vous mon père..... et
vous ma respectable mère, vous dont les
pleurs ont mouillé mon sein, pendant
qu'enivrée d'orgeuil, j'étais presque
froide à vos larmes, comment appren-
drez-vous mon effroyable sort?..... A
quel âge, grand Dieu me vois-je en-
terrée vive avec de tels monstres, combien d'années puis-je encore souffrir
dans cette punition terrible; ô scélérat
comme tu m'as séduite et comme tu
m'as trompée!

Mademoiselle de Faxelange (car son
nom de femme nous répugne mainte-

nant), était dans ce cahos d'idées
sombres..... de remords..... et d'appré-
hensions terribles, sans que les douceurs du sommeil eussent pu calmer son
état, lorsque Franlo vint la prier de se
lever afin d'être embarquée avant le
jour ; elle obéit, et se jette dans le ba-
teau la tête enveloppée dans des coëffes
qui déguisaient les traits de sa douleur,
et qui cachaient ses larmes au cruel
qui les faisait couler. On avait préparé
dans la barque un petit réduit de feuil-
lages où elle pouvait aller se reposer en
paix ; et Franlo, on doit le dire à sa
justification, Franlo qui voyait le besoin
que sa triste épouse avait d'un peu de
calme, l'en laissa jouir sans la troubler.
Il est quelques traces d'honnêteté dans
l'âme des scélérats, et la vertu est d'un
tel prix aux yeux des hommes, que les
plus corrompus mêmes sont forcés de lui
rendre hommage dans mille occasions
de leur vie.

Les attentions que cette jeune femme
voyait qu'on avait pour elle, la cal-
maient néanmoins un peu ; elle sentit

que dans sa situation, elle n'avait d'autre parti à prendre que de ménager son mari, et lui laissa voir de la reconnaissance.

La barque était conduite par des gens de la troupe de Franlo, et dieu sait tout ce qu'on y dit! Notre héroïne abîmée dans sa douleur n'en écouta rien, et l'on arriva le même soir aux environs de la ville de Tournon, située sur la côte occidentale du Rhône, aux pieds des montagnes du Vivarais. Notre chef et ses compagnons passèrent la nuit comme la précédente dans une taverne obscure, connue d'eux seuls dans ces environs. Le lendemain, on amena un cheval à Franlo, il y monta avec sa femme, deux mulets portèrent les bagages, quatre hommes armés les escortèrent; on traversa les montagnes, et on pénétra dans l'intérieur du pays, par d'inabordables sentiers.

Nos voyageurs arrivèrent le second jour fort tard, dans une petite plaine, d'environ une demie lieue d'étendue, resserrée de toutes parts par des mon-

tagnes inaccessibles et dans laquelle on
ne pouvait pénétrer que par le seul
sentier que pratiquait Franlo ; à la gorge
de ce sentier était un poste de dix de ces
scélérats, relevé trois fois la semaine,
et qui veillait constamment jour et nuit.
Une fois dans la plaine on trouvait une
mauvaise bourgade, formée d'une cen-
taine de huttes, à la manière des sau-
vages, à la tête desquelles était une
maison assez propre, composée de deux
étages, partout environnée de hauts murs
et appartenant au chef. C'était-là son
séjour, et en même-temps la citadelle
de la place, l'endroit où se tenaient les
magasins, les armes et les prisonniers ;
deux souterrains profonds et bien voû-
tés servaient à ces usages ; sur eux,
étaient bâtis trois petites pièces au rez-
de-chaussée, une cuisine, une chambre,
une petite salle, et au-dessus un appartement assez commode pour la femme
du capitaine, terminé par un cabinet
de sûreté pour les trésors. Un domestique fort rustre, et une fille servant
de cuisinière, étaient tout le train de la

maison, il n'y en avait pas autant chez les autres. Mademoiselle de Faxelange accablée de lassitude et de chagrins, ne vit rien de tout cela le premier soir, elle gagna à peine le lit qu'on lui indiqua, et s'y étant assoupie d'accablement, elle y fut au moins tranquille jusqu'au lendemain matin.

Alors le chef entra dans son appartement, vous voilà chez vous, madame, lui dit-il , ceci est un peu différent des trois belles terres que je vous avais promises, et des magnifiques possessions d'Amérique sur lesquelles vous aviez compté; mais consolez-vous, ma chère , nous ne ferons pas toujours ce métier là, il n'y a pas long-temps que je l'exerce, et le cabinet que vous voyez recèle déjà, votre dot comprise, près de deux millions de numéraire ; quand j'en aurai quatre , je passe en Irlande, et m'y établis magnifiquement avec vous. Ah! monsieur, dit mademoiselle de Faxelange en répandant un torrent de larmes, croyez-vous que le ciel vous laissera vivre en paix jusqu'alors? Oh!

G 4

ces sortes de choses là, madame, dit Franlo, nous ne les calculons jamais, notre proverbe est que *celui qui craint la feuille, ne doit point aller aux bois;* on meurt partout, si je risque ici l'échafaud, je risque un coup d'épée dans le monde, il n'y a aucune situation qui n'ait ses dangers, c'est à l'homme sage à les comparer aux profits et à se décider en conséquence. La mort qui nous menace, est la chose du monde dont nous nous occupons le moins; l'honneur m'objecterez-vous; mais les préjugés des hommes me l'avaient enlevé d'avance; j'étais ruiné, je ne devais plus avoir d'honneur. On m'eut enfermé, j'eus passé pour un scélérat, ne vaut-il pas mieux l'être effectivement en jouissant de tous les droits des hommes... en étant libre enfin, que d'en être soupçonné dans les fers. Ne vous étonnez pas que l'homme devienne criminel quand on le dégradera, quoiqu'innocent, ne vous étonnez pas qu'il préfère le crime à des chaînes, dès que dans l'une ou l'autre situation il est attendu par

l'opprobre. Législateurs rendez vos flé-
trissures moins fréquentes, si vous voulez diminuer la masse des crimes, une
nation qui sut faire un dieu de l'honneur, peut culbuter ses échaffauds,
quand il lui reste pour mener les hommes, le frein sacré d'une aussi belle
chimère... Mais monsieur, interrompit
ici mademoiselle de Faxelange, vous
aviez pourtant à Paris, toute l'apparence
d'un honnête homme? — Il le fallait bien
pour vous obtenir, j'ai réussi, le masque
tombe.

De tels discours et de semblables
actions faisaient horreur à cette malheureuse femme, mais décidée à ne
point s'écarter des résolutions qu'elle
avait prises, elle ne contraria point son
mari, elle eut même l'air de l'approuver;
et celui-ci la voyant plus tranquille, lui
proposa de venir visiter l'habitation,
elle y consentit, elle parcourut la bourgade; il n'y avait guères pour lors qu'une
quarantaine d'hommes, le reste était
en course, et c'était ce fond-là qui four-
nissait au poste défendant le défilé.

G 5

Madame de Franlo fut reçue partout avec les plus grandes marques de respect et de distinction ; elle vit sept ou huit femmes assez jeunes et jolies, mais dont l'air et le ton ne lui annonçaient que trop la distance énorme de ces créatures à elle, cependant elle leur rendit l'accueil qu'elle en recevait, et cette tournée faite, on servit; le chef se mit à table avec sa femme, qui ne put pourtant pas se contraindre au point de prendre part a ce dîner, elle s'excusa sur la fatigue de la route et on ne la pressa point. Après le repas Franlo dit à sa femme qu'il était temps d'achever de l'instruire, parce qu'il serait peut-être obligé d'aller le lendemain en course.

Je n'ai pas besoin de vous prévenir, madame, dit-il à son épouse, qu'il vous devient impossible ici d'écrire à qui que ce puisse être. Premièrement les moyens vous en seront sévèrement interdits, vous ne verrez jamais ni plume ni papier; parvinssiez-vous même à tromper ma vigilance, aucun de mes gens ne se chargerait assurément de vos lettres, et

l'essai pourrait vous coûter cher. Je vous
aime beaucoup sans doute, madame,
mais les sentimens des gens de notre
métier, sont toujours subordonnés au
devoir; et voilà peut-être ce que notre
état a de supérieur aux autres; il n'en
est point dans le monde que l'amour
ne fasse oublier, c'est tout le contraire
avec nous, il n'est aucune femme sur
la terre qui puisse nous faire négliger
notre état, parce que notre vie dépend de
la manière sûre dont nous l'exerçons.
Vous êtes ma seconde femme, madame. — Quoi monsieur? — Oui madame, vous êtes ma seconde épouse,
celle qui vous précéda, voulut écrire,
et les caractères qu'elle traçait, furent
effacés de son sang, elle expira sur la
lettre même... Qu'on juge de la situation de cette malheureuse à ces récits
affreux... à ces menaces terribles, mais
elle se contint encore et protesta à son
mari qu'elle n'avait aucun désir d'en-
freindre ses ordres. Ce n'est pas tout,
madame, continua ce monstre, quand
je ne serai pas ici, vous seule y com-

manderez en mon absence ; quelque
bonne foi qu'il y ait entre nous, vous
imaginez bien pourtant que dès qu'il s'a-
gira de nos intérêts, je me fierai toujours plutôt à vous qu'à mes camarades.
Or, quand je vous enverrai des prisonniers, il faudra les faire dépouiller vous-
même, et les faire égorger devant vous.
Moi, monsieur, s'écria mademoiselle de
Faxelange, en reculant d'horreur, moi
plonger mes mains dans le sang innocent, ah! faites plutôt couler le mien
mille fois, que de m'obliger à une telle
horreur. Je pardonne ce premier mouvement à votre faiblesse, madame, répondit Franlo, mais il n'est pourtant pas
possible que je puisse vous éviter ce soin,
aimez-vous mieux nous perdre tous, que
de ne le pas prendre? — Vos camarades
peuvent le remplir. — Ils le rempliront
aussi, madame; mais vous seule recevant mes lettres, il faut bien que ce
soit d'après vos ordres émanés des miens
qu'on enferme ou qu'on fasse périr les
prisonniers : mes gens exécuteront sans
doute, mais il faut que vous leur fas-

siez passer mes ordres. — Oh monsieur ;
ne pourriez-vous donc pas me dispenser... — Cela est impossible, madame.
— Mais je ne serai pas du moins obligée d'assister à ces infamies ? — Non...
cependant il faudra bien absolument
que vous vous chargiez des dépouilles...
que vous les enfermiez dans nos magasins ; je vous ferai grâce pour la première fois , si vous l'exigez absolument ; j'aurai soin d'envoyer dans cette
première occasion un homme sûr , avec
mes prisonniers ; mais cette attention
ne pourra durer, il faudra tâcher de
prendre sur vous ensuite. Tout n'est
qu'habitude, madame , il n'est rien à
quoi l'on ne se fasse ; les dames romaines
n'aimaient-elles pas à voir tomber les
gladiateurs à leurs pieds, ne portaient-
elles pas la férocité jusqu'à vouloir qu'ils
n'y mourussent que dans d'élégantes at-
titudes ? Pour vous accoutumer à votre
devoir, madame, poursuivit Franlo ,
j'ai là-bas six hommes qui n'attendent
que l'instant de la mort, je m'en vais
les faire assommer, ce spectacle vous

familiarisera avec ces horreurs, et avant
quinze jours la partie du devoir que je
vous impose ne vous coûtera plus.

Il n'y eut rien que mademoiselle de
Faxelange ne fit pour s'éviter cette scène
affreuse; elle conjura son mari de ne pas
la lui donner. Mais Franlo y voyait, disait-il, trop de nécessité, il lui paraissait
trop important d'apprivoiser les yeux de
sa femme à ce qui allait composer une
partie de ses fonctions pour n'y pas travailler tout de suite. Les six malheureux
furent amenés, et impitoyablement égor-
gés de la main même de Franlo sous les
yeux de sa malheureuse épouse, qui s'é-
vanouit pendant l'exécution. On la rapporta dans son lit, où rappellant bientôt
son courage au secours de sa sûreté, elle
finit par comprendre qu'au fait, n'étant
que l'organe des ordres de son mari, sa
conscience ne devenait plus chargée du
crime, et qu'avec cette facilité de voir
beaucoup d'étrangers, quelqu'enchaînés
qu'ils fussent, peut-être lui resteraient-ils
des moyens de les sauver et de s'échapper avec eux; elle promit donc le lende-

main à son barbare époux qu'il aurait
lieu d'être content de sa conduite, et
celui-ci ayant enfin passé la nuit sui-
vante avec elle, ce qu'il n'avait pas fait
depuis Paris à cause de l'état où elle était,
il la laissa le lendemain pour aller en
course, en lui protestant que si elle se
comportait bien, il quitterait le métier
plutôt qu'il ne l'avait dit, pour lui faire
passer au moins les trente dernières années de sa vie dans le bonheur et dans
le repos.

Mademoiselle de Faxelange ne se vit
pas plutôt seule au milieu de tous ces
voleurs, que l'inquiétude la reprit. Hélas! se disait-elle, si j'allais malheureusement inspirer quelques sentimens à ces
scélérats, qui les empêcherait de se
satisfaire? S'ils voulaient piller la maison
de leur chef, me tuer et fuir, n'en sont-
ils pas les maîtres?... Ah! plut au ciel,
continuait-elle, en versant un torrent de
larmes, ce qui peut m'arriver de plus
heureux, n'est-il pas qu'on m'arrache au
plutôt une vie qui ne doit plus être souil-
lée que d'horreurs? Peu-à-peu néanmoins

l'espoir renaissant dans cet âme jeune, et devenue forte par l'excès du malheur, madame de Franlo résolut de montrer beaucoup de courage; elle crut que ce parti devait être nécessairement le meilleur, elle s'y résigna. En conséquence, elle fut visiter les postes, elle retourna seule dans toutes les huttes, elle essaya de donner quelques ordres, et trouva partout du respect et de l'obéissance. Les femmes vinrent la voir, et elle les reçut honnêtement; elle écouta avec intérêt l'histoire de quelques unes séduites et enlevées comme elle, d'abord honnêtes, sans doute, puis dégradées par la solitude et le crime, et devenues des monstres comme les hommes qu'elles avaient épousés.

Oh ciel ! se disait quelquefois cette infortunée, comment peut-on s'abrutir à ce point; serait-il donc possible que je devinsse un jour comme ces malheureuses !.... Puis elle s'enfermait, elle pleurait, elle réfléchissait à son triste sort, elle ne se pardonnait pas de s'être elle-même précipité dans l'abîme par

trop de confiance et d'aveuglement, tout
cela la ramenait à son cher Goé, et des
larmes de sang coulaient de ses yeux.

Huit jours se passèrent ainsi, lorsqu'elle reçut une lettre de son époux,
avec un détachement de douze hommes,
amenant quatre prisonniers ; elle frémit
en ouvrant cette lettre, et se doutant
de ce qu'elle contenait, elle fut au point
de balancer un instant entre l'idée de se
donner la mort elle-même, plutôt que
de faire périr ces malheureux. C'était
quatre jeunes gens sur le front desquels
on distinguait de l'éducation et des qualités.

*Vous ferez mettre le plus âgé des
quatre au cachot, lui mandait son
mari ; c'est un coquin qui s'est dé-
fendu et qui m'a tué deux hommes ;
mais il faut lui laisser la vie, j'ai des
éclaircissemens à tirer de lui. Vous
ferez sur-le-champ assommer les trois
autres.*

Vous voyez les ordres de mon mari,
dit-elle au chef du détachement, qu'elle

savait être l'homme sûr dont Franlo lui
avait parlé, faites donc ce qu'il vous
ordonne.... Et en prononçant ces mots
d'une voix basse, elle courut cacher
dans sa chambre et son désespoir et ses
larmes; mais elle entendit malheureusement le cri des victimes immolées au
pied de sa maison; sa sensibilité n'y tint
pas, elle s'évanouit; revenue à elle, le
parti qu'elle s'était résolue de prendre
ranima ses forces; elle vit qu'elle ne devait rien attendre que de sa fermeté, et
elle se remontra; elle fit placer les effets
volés dans les magasins, elle parut au
village, elle visita les postes, en un mot,
elle prit tellement sur elle, que le lieu-
tenant de Franlo qui partait le lendemain pour aller retrouver son chef, rendit à cet époux les comptes les plus avantageux de sa femme.... Qu'on ne la blâme
point; quel parti lui restait-il entre la
mort et cette conduite?... et l'on ne se
tue point tant qu'on a de l'espoir.

Franlo fut dehors plus long-temps
qu'il ne l'avait cru, il ne revint qu'au
bout d'un mois, pendant lequel il envoya

deux fois des prisonniers à sa femme,
qui se conduisit toujours de même. Enfin
le chef reparut; il rapportait des sommes
immenses de cette expédition, qu'il légitimait par mille sophismes, réfutés par
son honnête épouse. Madame, lui dit-il
enfin, mes argumens sont ceux d'A-
lexandre, de Gengis-Kan, et de tous les
fameux conquérans de la terre, leur
logique était la mienne; mais ils avaient
trois cent mille hommes à leurs ordres,
je n'en ai que quatre cents, voilà mon
tort. Tout cela est bon, monsieur, dit
madame de Franlo, qui crut devoir préférer ici le sentiment à la raison; mais
s'il est vrai que vous m'aimiez comme
vous avez daigné me le dire souvent, ne
seriez-vous pas désolé de me voir périr
sur un échafaud près de vous ? N'appré-
hendez jamais cette catastrophe, dit
Franlo, notre retraite est introuvable,
et dans mes courses je ne crains personne…. mais si jamais nous étions dé-
couverts ici, souvenez-vous que j'aurais
le temps de vous casser la tête avant
qu'on ne mît la main sur vous.

Le chef examina tout, et ne trouvant que des sujets de se louer de sa femme, il la combla d'éloges et d'amitié, il la recommanda plus que jamais à ses gens et repartit ; mêmes soins de sa misérable épouse, même conduite, mêmes événemens tragiques pendant cette seconde absence, qui dura plus de deux mois, au bout desquels Franlo rentra au quartier, toujours plus enchanté de son épouse.

Il y avait environ cinq mois que cette pauvre créature vivait dans la contrainte et dans l'horreur, abreuvée de ses larmes, et nourrie de son désespoir, lorsque le ciel, qui n'abandonne jamais l'innocence, daigna enfin la délivrer de ses maux par l'événement le moins attendu.

On était au mois d'octobre, Franlo et sa femme dînaient ensemble sous une treille à la porte de leur maison, lorsque dans l'instant dix ou douze coups de fusils se font entendre au poste. Nous sommes trahis, dit le chef, en sortant aussi-tôt de table et s'armant avec rapidité.... voilà un pistolet, madame, res-

tez-là, si vous ne pouvez pas tuer celui
qui vous abordera, brûlez-vous la cervelle pour ne pas tomber dans ses mains.
Il dit, et rassemblant à la hâte ce qui
reste de ses gens dans le village, il vole
lui-même à la défense du défilé. Il n'était
plus temps, deux cents dragons à cheval
venant d'en forcer le poste, tombent
dans la plaine le sabre à la main; Franlo
fait feu avec sa troupe, mais n'ayant pu
la mettre en ordre, il est repoussé dans
la minute, et la plupart de ses gens sa-
brés et foulés aux pieds des chevaux; on
le saisit lui-même, on l'entoure, on le
garde, vingt dragons en répondent, et
le reste du détachement, le chef à la
tête, vole à madame de Franlo. Dans
quel état cruel on trouve cette malheureuse.... les cheveux épars, les traits
renversés par le désespoir et la crainte,
elle était appuyée contre un arbre, le
bout du pistolet sur son cœur, prête à
s'arracher la vie plutôt que de tomber
dans les mains de ceux qu'elle prenait
pour des suppôts de la justice.... Arrêtez,
madame, arrêtez, lui crie l'officier qui

commande, en descendant de cheval et se précipitant à ses pieds pour la désarmer par cette action, arrêtez, vous dis-je, *reconnaissez votre malheureux amant, c'est lui qui tombe à vos genoux, c'est lui que le ciel favorise assez pour l'avoir chargé de votre délivrance, abandonnez cette arme, et permettez à Goé d'aller se jeter dans votre sein.*

Mademoiselle de Faxelange croit rêver, peu à peu elle reconnaît celui qui lui parle, et tombe sans mouvement dans les bras qui lui sont ouverts. Ce spectacle arrache des larmes de tout ce qui l'apperçoit; ne perdons pas de tems, madame, dit Goé en rappellant sa belle cousine à la vie, pressons-nous de sortir d'un local qui doit être horrible à vos yeux; mais reprenons avant ce qui vous appartient; il enfonce le cabinet des richesses de Franlo, il retire les quatre cents mille francs de la dot de sa cousine, dix mille écus qu'il fait distribuer à ses dragons, met le scellé sur le reste, délivre les prisoniers retenus par ce scé

lérat, laisse quatre-vingts hommes en
garnison dans le hameau, revient trouver sa cousine avec les autres, et l'engage à partir sur-le-champ. Comme elle
gagnait la route du défilé, elle apperçoit Franlo dans les fers ; ô monsieur,
dit-t-elle à Goé, je vous demande à genoux la grâce de cet infortuné... je suis
sa femme... que dis-je, je suis assez malheureuse pour porter dans mon sein des
gages de son amour, et ses procédés n'ont
jamais été qu'honnêtes envers moi.
Madame, répondit monsieur de Goé, je
ne suis maître de rien dans cette aventure, j'ai obtenu seulement la conduite
des troupes, mais je me suis enchaîné
moi-même en recevant mes ordres, cet
homme-ci ne m'appartient plus, je ne
le sauverais qu'en risquant tout ; au sortir du défilé le grand prévôt de la province m'attend, il en viendra disposer ;
je ne lui ferai pas faire un pas vers
l'échafaud, c'est tout ce que je puis.
Oh! monsieur laissez-le sauver, s'écria
cette intéressante femme, c'est votre
malheureuse cousine en larmes qui vous

le demande. Une injuste pitié vous
aveugle, madame, reprit Goé, ce malheureux ne se corrigera point, et pour
sauver un homme, il en coûtera la vie
à plus de cinquante. Il a raison s'écria
Franlo, il a raison, madame, il me connaît aussi bien que moi-même, le crime
est mon élement, je ne vivrais que pour
m'y replonger, ce n'est point la vie que
je veux, ce n'est qu'une mort qui ne soit
point ignominieuse ; que l'âme sensible
qui s'intéresse à moi daigne m'obtenir
pour seule grâce la permission de me
faire brûler la cervelle par les dragons.
Qui de vous veut s'en charger, enfans?
dit Goé. — Mais personne ne bougea;
Goé commandait à des *Français*, il ne
devait pas s'y trouver de *bourreaux.*
Qu'on me donne donc un pistolet dit ce
scélérat. Goé très ému des supplica-
tions de sa cousine s'approche de Franlo,
et lui remet lui-même l'arme qu'il demande ; ô comble de perfidie, l'époux de
Faxelange n'a pas plutôt ce qu'il desire,
qu'il lâche le coup sur Goé... mais sans
l'atteindre heureusement ; ce trait irrite
les

les dragons, ceci devient une affaire
de vengeance, ils n'écoutent plus que
leur ressentiment, ils tombent sur Franlo
et le massacrent en une minute. Goé enlève sa cousine, à peine voit-elle l'horreur de ce spectacle. On repasse le défilé
au galop. Un cheval doux attend mademoiselle de Faxelange au-delà de la
gorge. Monsieur de Goé rend promptement compte au prévôt de son opération;
la maréchaussée s'empare du poste; les
dragons se retirent; et mademoiselle de
Faxelange protégée par son libérateur
est en six jours au sein de ses parens.

Voilà votre fille, dit ce brave homme
à monsieur et à madame de Faxelange,
et voilà l'argent qui vous a été pris. Ecou-
tez-moi maintenant, mademoiselle, et
vous allez voir pourquoi j'ai remis à cet
instant les éclaircissemens que je dois sur
tout ce qui vous concerne. Vous ne fûtes
pas plutôt partie, que les soupçons que
je ne vous avais d'abord offert que pour
vous retenir, vinrent me tourmenter
avec force; il n'est rien que je n'aie fait
pour suivre la trace de votre ravisseur,

et pour connaître à fond sa personne, j'ai
été assez heureux pour réussir à tout, et
pour ne me tromper sur rien. Je n'ai prévenu vos parens que quand j'ai cru être
sûr de vous ravoir; on ne m'a pas refusé le commandement des troupes que j'ai
sollicité pour rompre vos chaînes, et débarrasser en même tems la France du
monstre qui vous trompait. J'en suis
venu à bout; je l'ai fait sans nul intérêt, mademoiselle; vos fautes et vos malheurs élèvent d'éternelles barrières entre
nous,... vous me plaindrez au moins....
vous me regretterez; votre cœur sera
contraint au sentiment que vous me re-
fusiez, et je serai vengé... adieu mademoiselle, je me suis acquitté envers les
liens du sang, envers ceux de l'amour,
il ne me reste plus qu'à me séparer de
vous éternellement. Oui, mademoiselle,
je pars, la guerre qui se fait en Alle-
magne m'offre ou la gloire, ou le trépas:
je n'aurais desiré que les lauriers, quand
il m'eut été permis de vous les offrir, et
maintenant je ne chercherai plus que la
mort. A ces mots Goé se retire; quelques

instances qu'on lui fasse, il s'échappe
pour ne reparaître jamais. On apprit au
bout de six mois qu'attaquant un poste
en désespéré, il s'était fait tuer en Hon-
grie au service des Turcs.

Pour mademoiselle de Faxelange,
peu de tems après son retour à Paris,
elle mit au monde le malheureux fruit
de son hymen, que ses parens placèrent
avec une forte pension dans une maison
de charité ; ses couches faites, elle solli-
cita avec instance son père et sa mère
pour prendre le voile aux Carmelites; ses
parens lui demandèrent en grâce de ne
pas priver leur vieillesse de la consolation de l'avoir auprès d'eux, elle céda,
mais sa santé s'affaiblissant de jour en
jour, usée par ses chagrins, flétrie de
ses larmes et de sa douleur, anéantie
par ses remords, elle mourut de con-
somption au bout de quatre ans, triste
et malheureux exemple de l'avarice des
pères et de l'ambition des filles.

Puisse le récit de cette histoire rendre

H 2

les uns plus justes et les autres plus sages,
nous ne regretterons pas alors la peine que
nous aurons pris de transmettre à la pos-
térité un événement, qui tout affreux
qu'il est, pourrait alors servir au bien
des hommes.

———

FLORVILLE et COURVAL,

ou

LE FATALISME.

———

Monsieur de Courval venait d'atteindre sa cinquante-cinquième année; frais, bien portant, il pouvait parier encore pour vingt ans de vie; n'ayant eu que des désagrémens avec une première femme qui depuis long-temps l'avait abandonné, pour se livrer au libertinage, et devant supposer cette créature au tombeau, d'après les attestations les moins équivoques, il imagina de se lier une seconde fois avec une personne raisonnable qui, par la bonté de son caractère, par l'excellence de ses mœurs parvint à lui faire oublier ses premières disgraces.

Malheureux dans ses enfans comme

dans son épouse, monsieur de Courval
qui n'en avait eu que deux, une fille
qu'il avait perdu très-jeune, et un garçon qui dès l'âge de quinze ans l'avait
abandonné comme sa femme, et malheureusement dans les mêmes principes
de débauches, ne croyant pas qu'aucun
procédé dût jamais l'enchaîner à ce
monstre, monsieur de Courval, dis-je,
projettait en conséquence de le déshé-
riter, et de donner son bien aux enfans
qu'il espérait d'obtenir de la nouvelle
épouse qu'il avait envie de prendre; il
possédait quinze mille livres de rente,
employé jadis dans les affaires, c'était le
fruit de ses travaux, et il le mangeait
en honnête homme avec quelques amis
qui le chérissaient, l'estimaient tous, et
le voyaient tantôt à Paris où il occupait
un joli appartement, rue Saint-Marc,
et plus souvent encore dans une petite
terre charmante, auprès de Nemours où
monsieur de Courval passait les deux
tiers de l'année.

Cet honnête homme confia son projet
à ses amis, et le voyant approuvé d'eux,

il les prie très-instamment de s'informer
parmi leurs connaissances, d'une personne de trente à trente-cinq ans, veuve
ou fille, et qui pût remplir son objet.

Dès le sur-lendemain un de ses anciens
confrères, vint lui dire qu'il imaginait
avoir trouvé positivement ce qui lui
convenait. La demoiselle que je vous
offre, lui dit cet ami, a deux choses
contre elle, je dois commencer par vous
les dire, afin de vous consoler après, en
vous faisant le récit de ses bonnes qualités; on est bien sûr qu'elle n'a ni père
ni mère, mais on ignore absolument
qui ils furent, et où elle les a perdu;
ce que l'on sait, continua le médiateur,
c'est qu'elle est cousine de monsieur de
Saint-Prât, homme connu, qui l'avoue,
qui l'estime et qui vous en fera l'éloge
le moins suspect, et le mieux mérité.
Elle n'a aucun bien de ses parens, mais
elle a quatre mille francs de pension de
ce monsieur de Saint-Prât, dans la maison duquel elle a été élevée, et où elle
a passé toute sa jeunesse : voilà un premier tort; passons au second, dit l'ami

de monsieur de Courval : une intrigue
à seize ans, un enfant qui n'existe plus
et dont jamais elle n'a revu le père ; voilà
tout le mal ; un mot du bien maintenant.

Mademoiselle de Florville a trente-
six ans, à peine en paraît-elle vingt-huit ;
il est difficile d'avoir une physionomie
plus agréable et plus intéressante : ses
traits sont doux et délicats, sa peau est
de la blancheur du lys, et ses cheveux
châtains traînent à terre ; sa bouche
fraîche, très-agréablement ornée, est
l'image de la rose au printemps. Elle est
fort grande, mais si joliment faite, il y
a tant de grâces dans ses mouvemens,
qu'on ne trouve rien à dire à la hau-
teur de sa taille, qui sans cela peut-
être lui donnerait un air un peu dur ;
ses bras, son cou, ses jambes, tout est
moulé, et elle a une de ces sortes de
beautés qui ne vieillira pas de long-temps.
A l'égard de sa conduite, son extrême
régularité pourra peut-être ne pas vous
plaire ; elle n'aime pas le monde, elle vit
fort retirée ; elle est très-pieuse, très-
assidue aux devoirs du couvent qu'elle

habite, et si elle édifie tout ce qui l'entoure par ses qualités religieuses, elle enchante tout ce qui la voit, par les charmes de son esprit et par les agrémens de son caractère...... c'est en un mot un ange dans ce monde, que le Ciel réservait à la félicité de votre vieillesse.

Monsieur de Courval enchanté d'une telle rencontre, n'eut rien de plus pressé que de prier son ami de lui faire voir la personne dont il s'agissait; sa naissance ne m'inquiète point, dit-il, dès que son sang est pur, que m'importe qui le lui a transmis; son aventure à l'âge de seize ans m'effraye tout aussi peu, elle a réparé cette faute par un grand nombre d'années de sagesse; je l'épouserai sur le pied de veuve, me décidant à ne prendre une personne que de trente à trente-cinq ans, il était bien difficile de joindre à cette clause la folle prétention des prémices, ainsi rien ne me déplaît dans vos propositions, il ne me reste qu'à vous presser de m'en faire voir l'objet.

H 5

L'ami de monsieur de Courval le satisfit bientôt; trois jours après il lui donna à dîner chez lui avec la demoiselle dont il s'agissait. Il était difficile de ne pas être séduit au premier abord de cette fille charmante; c'étaient les traits de Minerve elle-même, déguisés sous ceux de l'amour. Comme elle savait de quoi il était question, elle fut encore plus réservée, et sa décence, sa retenue, la noblesse de son maintien, jointes à tant de charmes physiques, à un caractère aussi doux, à un esprit aussi juste et aussi orné, tournèrent si bien la tête au pauvre Courval, qu'il supplia son ami de vouloir bien hâter la conclusion.

On se revit encore deux ou trois fois, tantôt dans la même maison, tantôt chez monsieur de Courval, ou chez monsieur de Saint-Prât, et enfin, mademoiselle de Florville instamment pressée, déclara à monsieur de Courval que rien ne la flattait autant que l'honneur qu'il voulait bien lui faire, mais que sa délicatesse ne lui permettait pas de rien accepter avant qu'il ne fût instruit par elle-même des aventures de sa vie. On ne vous a pas tout appris, monsieur, dit cette charmante fille, et je ne puis consentir d'être à vous, sans que vous en sachiez davantage. Votre estime m'est trop importante pour me mettre dans le cas de la perdre, et je ne la mériterais assurément pas, si profitant de votre illusion, j'allais consentir à devenir votre femme, sans que vous jugiez si je suis digne de l'être. Monsieur de Courval assura qu'il savait tout, que ce n'était qu'à lui qu'il appartenait de former les inquiétudes qu'elle témoignait, et que s'il était assez heureux pour lui plaire, elle ne devait plus s'embarrasser de rien. Mademoiselle de Florville tint bon; elle déclara positivement qu'elle ne consentirait à rien que monsieur de Courval ne fût instruit à fond de ce qui la regardait; il en fallut donc passer par-là; tout ce que monsieur de Courval put obtenir, ce fût que mademoiselle de Florville viendrait à sa terre auprès de Nemours, que tout se disposerait pour la célébration de l'hymen qu'il desirait,

H 6

et que l'histoire de mademoiselle de
Florville entendue, elle deviendrait sa
femme le lendemain... Mais, monsieur,
dit cette aimable fille, si tous ces pré-
paratifs peuvent être inutiles, pourquoi
les faire ?... Si je vous persuade que je
ne suis pas née pour vous appartenir ?...
Voilà ce que vous ne me prouverez jamais, mademoiselle, répondit l'honnête
Courval, voilà ce dont je vous défie de
me convaincre ; ainsi partons, je vous
en conjure, et ne vous opposez point à
mes desseins. Il n'y eut pas moyen de
rien gagner sur ce dernier objet, tout
fut disposé, on partit pour Courval ; cependant on y fut seul, mademoiselle de
Florville l'avait exigé ; les choses qu'elle
avait à dire ne devaient être révélées
qu'à l'homme qui voulait bien se lier à
elle, ainsi personne ne fut admis ; et le
lendemain de son arrivée, cette belle
et intéressante personne ayant prié monsieur de Courval de l'entendre, elle lui
raconta les événemens de sa vie dans les
termes suivans.

Histoire de Mlle. de Florville.

Les intentions que vous avez sur moi, monsieur, ne permettent plus que l'on vous en impose; vous avez vu monsieur de Saint-Prât, auquel on vous a dit que j'appartenais, lui-même a daigné vous le certifier, et cependant sur cet objet vous avez été trompé de toutes parts. Ma naissance m'est inconnue, je n'ai jamais eu la satisfaction de savoir à qui je la devais; je fus trouvée, peu de jours après avoir reçu la vie, dans une barcelonette de taffetas vert, à la porte de l'hôtel de monsieur de Saint-Prât, avec une lettre anonyme attachée au pavillon de mon berceau, où était simplement écrit:

» Vous n'avez point d'enfans depuis
» dix ans que vous êtes marié, vous en
» desirez tous les jours, adoptez celle-là,
» son sang est pur, elle est le fruit du
» plus chaste hymen et non du liberti-
» nage, sa naissance est honnête. Si la
» petite fille ne vous plaît pas, vous la
» ferez porter aux Enfans-Trouvés. Ne
» faites point de perquisitions, aucunes

» ne vous réussiraient, il est impossible
» de vous en apprendre davantage ».

Les honnêtes personnes chez lesquelles j'avais été déposée, m'accueilli-
rent aussi-tôt, m'élevèrent, prirent de
moi tous les soins possibles, et je puis
dire que je leur dois tout. Comme rien
n'indiquait mon nom, il plût à madame
de Saint-Prât de me donner celui de
Florville.

Je venais d'atteindre ma quinzième
année, quand j'eus le malheur de voir
mourir ma protectrice ; rien ne peut
exprimer la douleur que je ressentis de
cette perte ; je lui étais devenue si chère,
qu'elle conjura son mari, en expirant,
de m'assurer quatre mille livres de pension et de ne me jamais abandonner ; les
deux clauses furent exécutées ponctuellement, et monsieur de Saint-Prât joignit à ces bontés celle de me reconnaître
pour une cousine de sa femme, et de me
passer, sous ce titre, le contrat que vous
avez vu. Je ne pouvais cependant plus
rester dans cette maison, monsieur de
Saint-Prât me le fit sentir. Je suis veuf,

et jeune encore, me dit cet homme vertueux; habiter sous le même toit, serait
faire naître des doutes que nous ne mé-
ritons point; votre bonheur et votre réputation me sont chers, je ne veux compromettre ni l'un ni l'autre. Il faut nous
séparer, Florville; mais je ne vous abandonnerai de ma vie, je ne veux pas même
que vous sortiez de ma famille; j'ai une
sœur veuve à Nancy, je vais vous y adresser, je vous réponds de son amitié comme
de la mienne, et là, pour ainsi dire, toujours sous mes yeux, je pourrai continuer de veiller encore à tout ce qu'exigera votre éducation et votre établissement.

Je n'appris point cette nouvelle sans
verser des larmes; ce nouveau surcroît
de chagrin renouvela bien amèrement
celui que je venais de ressentir à la mort
de ma bienfaitrice; convaincue néanmoins des excellentes raisons de monsieur de Saint-Prât, je me décidai à suivre
ses conseils, et je partis pour la Lorraine,
sous la conduite d'une dame de ce pays,
à laquelle je fus recommandée, et qui

me remit entre les mains de madame
de Verquin, sœur de monsieur de Saint-
Prât, avec laquelle je devais habiter.

La maison de madame de Verquin
était sur un ton bien différent que celle
de monsieur de Saint-Prât; si j'avais vu
régner dans celle-ci la décence, la religion et les mœurs; la frivolité, le goût
des plaisirs et l'indépendance, étaient
dans l'autre comme dans leur asyle.

Madame de Verquin m'avertit dès les
premiers jours que mon petit air prude
lui déplaisait, qu'il était inoui d'arriver
de Paris avec un maintien si gauche....
un fond de sagesse aussi ridicule, et que
si j'avais envie d'être bien avec elle, il
fallait adopter un autre ton. Ce début
m'alarma; je ne chercherai point à paraître à vos yeux meilleure que je ne la
suis, monsieur; mais tout ce qui s'écarte
des mœurs et de la religion, m'a toute la
vie déplu si souverainement, j'ai toujours
été si ennemie de ce qui choquait la
vertu, et les travers où j'ai été emportée
malgré moi, m'ont causé tant de remords, que ce n'est pas, je vous l'avoue,

me rendre un service que de me replacer dans le monde, je ne suis point faite pour l'habiter, je m'y trouve sauvage et farouche; la retraite la plus obscure est ce qui convient le mieux à l'état de mon âme et aux dispositions de mon esprit.

Ces réflexions mal faites encore, pas assez mûres à l'âge que j'avais, ne me préservèrent ni des mauvais conseils de madame de Verquin, ni des maux où ses séductions devaient me plonger; le monde perpétuel que je voyais, les plaisirs bruyans dont j'étais entourée, l'exemple, les discours, tout m'entraîna; on m'assura que j'étais jolie, et j'osai le croire pour mon malheur.

Le régiment de Normandie était pour lors en garnison dans cette capitale; la maison de madame de Verquin était le rendez-vous des officiers; toutes les jeunes femmes s'y trouvaient aussi, et là se nouaient, se rompaient et se recomposaient toutes les intrigues de la ville.

Il est vraisemblable que monsieur de Saint-Prât ignorait une partie de la con-

duite de cette femme ; comment avec
l'austérité de ses mœurs, eût-il pu consentir à m'envoyer chez elle, s'il l'eût
bien connue ? Cette considération me
retint, et m'empêcha de me plaindre à
lui ; faut-il tout dire ? peut-être même
ne m'en souciai-je pas ; l'air impur que
je respirais commençait à souiller mon
cœur, et comme Télémaque dans l'île de
Calypso, peut-être n'eussai-je plus écouté
les avis de Mentor.

L'impudente Verquin qui depuis long-
temps cherchait à me séduire, me demanda un jour s'il était certain que
j'eusse apporté un cœur bien pur, en
Lorraine, et si je ne regrettais pas quelqu'amant à Paris ? Hélas madame, lui
dis-je, je n'ai même jamais conçu l'idée
des torts dont vous me soupçonnez, et
monsieur votre frère peut vous répondre
de ma conduite. Des torts, interrompit
madame de Verquin, si vous en avez
un, c'est d'être encore trop neuve à votre
âge, vous vous en corrigerez, je l'espère. — Oh madame ! est-ce là le langage que je devais entendre d'une per-

sonne aussi respectable ? — Respectable ?... ah ! pas un mot, je vous assure ma chère que le respect est de tous les sentimens celui que je me soucie le moins de faire naître, c'est l'amour que je veux inspirer... mais du respect, ce sentiment n'est pas encore de mon âge. Imite moi ma chère, et tu seras heureuse... A propos, as tu remarqué Senneval, ajouta cette sirène, en me parlant d'un jeune officier de dix-sept ans qui venait très-souvent chez elle. Pas autrement, madame, répondis-je, je puis vous assurer que je les vois tous avec la même indifférence. — Mais voilà ce qu'il ne faut pas ma petite amie, je veux que nous partagions dorénavant nos conquêtes... il faut que tu aies Senneval, c'est mon ouvrage, j'ai pris la peine de le former, il t'aime, il faut *l'avoir*... — Oh ! madame, si vous vouliez m'en dispenser, en vérité je ne me soucie de personne. — Il le faut, ce sont des arrangemens pris avec son colonel, mon amant *du jour*, comme tu vois. — Je vous conjure de me laisser libre sur

cet objet, aucun de mes penchans ne
me porte aux plaisirs que vous chéris-
sez. — Oh! cela changera, tu les aime-
ras un jour comme moi, il est tout simple de ne pas chérir ce qu'on ne connaît pas encore; mais il n'est pas permis
de ne vouloir pas connaître ce qui est
fait pour être adoré. En un mot, c'est
un dessein formé; Senneval, mademoiselle, vous déclarera sa passion ce soir,
et vous voudrez bien ne le pas faire
languir, ou je me fâcherai contre vous...
mais sérieusement. A cinq heures, l'as-
semblée se forma; comme il faisait fort
chaud, des parties s'arrangèrent dans les
bosquets, et tout fut si bien concerté
que monsieur de Senneval et moi, nous
trouvant les seuls qui ne jouassent point,
nous fûmes forcés de nous entretenir.

Il est inutile de vous le déguiser, monsieur, ce jeune homme aimable et rempli d'esprit, ne m'eût pas plutôt fait l'a-
veu de sa flamme, que je me sentis
entraînée vers lui par un mouvement
indomptable, et quand je voulus ensuite me rendre compte de cette sym-

pathie, je n'y trouvai rien que d'obscur, il me semblait que ce penchant
n'était point l'effet d'un sentiment ordinaire, un voile déguisait à mes yeux
ce qui le caractérisait, d'une autre part,
au même instant où mon cœur volait à
lui, une force invincible semblait le retenir, et dans ce tumulte... dans ce flux
et reflux d'idées incompréhensibles, je
ne pouvais démêler si je faisais bien d'aimer Senneval, ou si je devais le fuir à
jamais.

On lui donna tout le temps de m'a-
vouer son amour... hélas! on ne lui donna
que trop. J'eus tout celui de paraître
sensible à ses yeux, il profita de mon
trouble, il exigea un aveu de mes sentimens, je fus assez faible pour lui dire
qu'il était loin de me déplaire, et trois
jours après, assez coupable pour le laisser jouir de sa victoire.

C'est une chose vraiment singulière
que la joie maligne du vice dans ses triomphes sur la vertu; rien n'égala les transports de madame de Verquin dès qu'elle
me sut dans le piége qu'elle m'ayait pré-

paré, elle me railla, elle se divertit, et
finit par m'assurer que ce que j'avais fait
était la chose du monde la plus simple,
la plus raisonnable, et que je pouvais
sans crainte recevoir mon amant toutes
les nuits chez elle... qu'elle n'en verrait
rien ; que trop occupée de son côté pour
prendre garde à ces misères, elle n'en
admirerait pas moins ma vertu, puisqu'il
était vraisemblable que je m'en tien-
drais à celui-là seul, tandis qu'obligée
de faire tête à trois, elle se trouverait
assurément bien loin de ma réserve et
de ma modestie ; quand je voulus prendre la liberté de lui dire que ce déré-
glement était odieux, qu'il ne supposait
ni délicatesse ni sentiment, et qu'il ra-
valait notre sexe à la plus vile espèce des
animaux, madame de Verquin éclata de
rire ; *héroïne gauloise,* me dit-elle, je
t'admire et ne te blâme point ; je sais
très-bien qu'à ton âge la délicatesse et le
sentiment sont des dieux auxquels on
immole le plaisir ; ce n'est pas la même
chose au mien, parfaitement détrompée
sur ces phantômes, on leur accorde un

peu moins d'empire ; des voluptés plus
réelles se préfèrent aux sottises qui t'en-
thousiasment ; et pourquoi donc de la
fidélité avec des gens qui jamais n'en
ont avec nous ? N'est-ce pas assez d'être
les plus faibles sans devenir encore les
plus dupes ? Elle est bien folle la femme
qui met de la délicatesse dans de telles
actions... Crois moi ma chère, varie tes
plaisirs pendant que ton âge et tes charmes te le permettent, et laisse-là ta chimérique constance, vertu triste et farouche, bien peu satisfaisante à soimême, et qui n'en impose jamais aux
autres.

Ces propos me faisaient frémir, mais
je vis bien que je n'avais plus le droit
de les combattre ; les soins criminels de
cette femme immorale me devenaient
nécessaires, et je devais la ménager ; fatal inconvénient du vice, puisqu'il nous
met, dès que nous nous y livrons, sous
les liens de ceux que nous eussions mé-
prisé sans cela. J'acceptai donc toutes
les complaisances de madame de Verquin ; chaque nuit Senneval me donnait

des nouvelles preuves de son amour, et six mois se passèrent ainsi dans une telle ivresse, qu'à peine eus-je le temps de réfléchir.

De funestes suites m'ouvrirent bientôt les yeux; je devins enceinte, et pensai mourir de désespoir en me voyant dans un état dont madame de Verquin se divertit. Cependant, me dit-elle, il faut sauver les apparences, et comme il n'est pas trop décent que tu accouches dans ma maison, le Colonel de Senneval et moi, nous avons pris des arrangemens; il va donner un congé au jeune homme, tu partiras quelques jours avant lui pour Metz, il t'y suivra de près, et là, secourue par lui, tu donneras la vie à ce fruit illicite de ta tendresse; ensuite vous reviendrez ici l'un après l'autre comme vous en serez parti.

Il fallut obéir, je vous l'ai dit, monsieur, on se met à la merci de tous les hommes et au hazard de toutes les situations, quand on a eu le malheur de faire une faute; on laisse sur sa personne des droits à tout l'univers, on devient
l'esclave

l'esclave de tout ce qui respire, dès qu'on s'est oublié au point de le devenir de ses passions.

Tout s'arrangea comme l'avait dit madame de Verquin; le troisième jour nous nous trouvâmes réunis Senneval et moi, à Metz, chez une sage-femme, dont j'avais pris l'adresse en sortant de Nancy, et j'y mis au monde un garçon; Senneval qui n'avait cessé de montrer les sentimens les plus tendres et les plus délicats, sembla m'aimer encore davantage dès que j'eus, disait-il, doublé son existence; il eut pour moi tous les égards possibles, me supplia de lui laisser son fils, me jura qu'il en aurait toute sa vie les plus grands soins, et ne songea à reparaître à Nancy que quand ce qu'il me devait fut rempli.

Ce fut à l'instant de son départ où j'osai lui faire sentir à quel point la faute qu'il m'avait fait commettre allait me rendre malheureuse, et où je lui proposai de la réparer en nous liant aux pieds des autels. Senneval qui ne s'était pas attendu à cette proposition, se troubla...

Tome II.   I

Hélas! me dit-il, en suis-je le maître? encore dans l'âge de la dépendance, ne me faudrait-il pas l'agrément de mon père? que deviendrait notre hymen, s'il n'était revêtu de cette formalité? et d'ailleurs, il s'en faut bien que je sois un parti sortable pour vous; nièce de madame de Verquin, (on le croyait à Nancy), vous pouvez prétendre à beaucoup mieux; croyez-moi, Florville, oublions nos égaremens, et soyez sûre de ma discrétion. Ce discours, que j'étais loin d'attendre, me fit cruellement sentir toute l'énormité de ma faute; ma fierté m'empêcha de répondre, mais ma douleur n'en fut que plus amère; si quelque chose avait dérobé l'horreur de ma conduite à mes propres regards, c'était, je vous l'avoue, l'espoir de la réparer en épousant un jour mon amant. Fille crédule! je n'imaginais pas, malgré la perversité de madame de Verquin qui sans doute eût dû m'éclairer, je ne croyais pas que l'on pût se faire un jeu de séduire une malheureuse fille et de l'abandonner après, et cet honneur, ce sentiment si respectable

aux yeux des hommes, je ne supposais pas
que son action fût sans énergie vis-à-vis
de nous, et que notre faiblesse pût légitimer une insulte qu'ils ne hasarderaient
entre eux qu'au prix de leur sang. Je me
voyais donc à-la-fois la victime, et la
dupe de celui pour lequel j'aurais donné
mille fois ma vie; peu s'en fallut que
cette affreuse révolution ne me condui-
sît au tombeau. Senneval ne me quitta
point, ses soins furent les mêmes, mais
il ne me reparla plus de ma proposition,
et j'avais trop d'orgueil pour lui offrir
une seconde fois le sujet de mon désespoir; il disparut enfin dès qu'il me vit
remise.

Décidée à ne plus retourner à Nancy,
et sentant bien que c'était pour la dernière
fois de ma vie que je voyais mon amant,
toutes mes plaies se r'ouvrirent à l'instant du départ; j'eus néanmoins la force
de supporter ce dernier coup.... le cruel!
il partit, il s'arracha de mon sein inondé
de mes larmes, sans que je lui en visse
répandre une seule!

Et voilà donc ce qui résulte de ces

sermens d'amour auxquels nous avons la
folie de croire ! plus nous sommes sensibles, plus nos séducteurs nous délais-
sent.. ... les perfides !... ils s'éloignent de
nous, en raison du plus de moyens que
nous avons employés pour les retenir.

Senneval avait pris son enfant, il l'a-
vait placé dans une campagne où il me
fut impossible de le découvrir.... il avait
voulu me priver de la douceur de chérir
et d'élever moi-même ce tendre fruit de
notre liaison ; on eut dit qu'il desirait
que j'oubliasse tout ce qui pouvait encore nous enchaîner l'un à l'autre, et je
le fis, ou plutôt je crus le faire.

Je me déterminai à quitter Metz dès
l'instant et à ne point retourner à Nancy ;
je ne voulais pourtant pas me brouiller
avec madame de Verquin ; il suffisait
malgré ses torts qu'elle appartînt d'aussi
près à mon bienfaiteur, pour que je la
ménageasse toute ma vie ; je lui écrivis
la lettre du monde la plus honnête, je
prétextai, pour ne plus reparaître dans
sa ville, la honte de l'action que j'y avais
commise, et je lui demandai la permis-

sion de retourner à Paris auprès de son
frère. Elle me répondit sur-le-champ
que j'étais la maîtresse de faire tout ce
que je voudrais, qu'elle me conserverait
son amitié dans tous les temps ; elle ajou-
tait que Senneval n'était point encore de
retour, qu'on ignorait sa retraite, et que
j'étais une folle de m'affliger de toutes
ces misères.

Cette lettre reçue, je revins à Paris,
et courus me jeter aux genoux de monsieur de Saint-Prât ; mon silence et mes
larmes lui apprirent bientôt mon infortune ; mais j'eus l'attention de m'accuser
seule, je ne lui parlai jamais des séductions de sa sœur. Monsieur de Saint-Prât,
à l'exemple de tous les bons caractères,
ne soupçonnait nullement les désordres
de sa parente, il l'a croyait la plus honnête des femmes ; je lui laissai toute son
illusion, et cette conduite que madame
de Verquin n'ignora point, me conserva
son amitié.

Monsieur de Saint-Prât me plaignit....
me fit vivement sentir mes torts, et finit
par les pardonner.

I 3

O ! mon enfant, me dit-il, avec cette douce componction d'une âme honnête, si différente de l'ivresse odieuse du crime, ô ! ma chère fille, tu vois ce qu'il en coûte pour quitter la vertu. .... son adoption est si nécessaire, elle est si intimement liée à notre existence, qu'il n'y a plus qu'infortunes pour nous, si tôt que nous l'abandonnons; compare la tranquillité de l'état d'innocence où tu étais en partant de chez moi, au trouble affreux où tu y rentres. Les faibles plaisirs que tu as pu goûter dans ta chûte, te dédommagent-ils des tourmens dont voilà ton cœur déchiré? Le bonheur n'est donc que dans la vertu, mon enfant, et tous les sophismes de ses détracteurs ne procureront jamais une seule de ses jouissances. Ah ! Florville, ceux qui les nient ou qui les combattent, ces jouissances si douces, ne le font que par jalousie, sois-en sûre, que par le plaisir barbare, de rendre les autres aussi coupables et aussi malheureux qu'ils le sont. Ils s'aveuglent et voudraient aveugler tout le monde, ils se trompent, et voudraient que tout

le monde se trompât; mais si l'on pouvait
lire au fond de leur âme, on n'y verrait
que douleurs et que repentirs; tous ces
apôtres du crime ne sont que des méchans, que des désespérés; on n'en trouverait pas un de sincère, pas un qui n'a-
vouât, s'il pouvait être vrai, que ses discours empestés ou ses écrits dangereux,
n'ont eu que ses passions pour guide. Et
quel homme en effet pourra dire de sang-
froid que les bases de la morale peuvent
être ébranlées sans risque? quel être
osera soutenir que de faire le bien, de
desirer le bien, ne doit pas être nécessairement la véritable fin de l'homme?
et comment celui qui ne fera que le mal,
peut-il s'attendre à être heureux au milieu d'une société, dont le plus puissant
intérêt est que le bien se multiplie sans
cesse? Mais ne frémira-t-il pas lui-même
à tout instant cet apologiste du crime,
quand il aura déraciné dans tous les
cœurs la seule chose dont il doive attendre sa conservation? Qui s'opposera
à ce que ses valets le ruinent, s'ils ont
cessé d'être vertueux? qui empêchera sa

femme de le déshonorer, s'il l'a persua-
dée que la vertu n'est utile à rien? qui
retiendra la main de ses enfans, s'il a
osé flétrir les semences du bien dans leur
cœur? comment sa liberté, ses possessions seront-elles respectées, s'il a dit
aux grands, *l'impunité vous accompagne, et la vertu n'est qu'une chimère?* Quelque soit donc l'état de ce
malheureux, qu'il soit époux ou père,
riche ou pauvre, maître ou esclave, de
toutes parts naîtront des dangers pour
lui, de tous côtés s'élèveront des poignards sur son sein : s'il a osé détruire
dans l'homme les seuls devoirs qui balancent sa perversité, n'en doutons point,
l'infortuné périra tôt ou tard, victime de
ses affreux systèmes (1).

_____

(1) *Oh ! mon ami, ne cherche jamais à
corrompre la personne que tu aimes, cela
peut aller plus loin qu'on ne pense*, disait
un jour une femme sensible à l'ami qui voulait la séduire. Femme adorable, laisse-moi
citer tes propres paroles, elles peignent si
bien l'âme de celle qui, peu après sauva la vie
à ce même homme, que je voudrais graver

Laissons un instant la religion, si l'on veut, ne considérons que l'homme seul; quel sera l'être assez imbécille pour croire qu'en enfreignant toutes les loix de la société, cette société qu'il outrage, pourra le laisser en repos ? N'est-il pas de l'intérêt de l'homme, et des loix qu'il fait pour sa sûreté, de toujours tendre à détruire ou ce qui gêne, ou ce qui nuit ? Quelque crédit, ou des richesses, assureront peut-être au méchant une lueur éphémère de prospérité; mais combien son règne sera court ! reconnu, démasqué, devenu bientôt l'objet de la haine et du mépris public, trouvera-t-il alors, ou les apologistes de sa conduite ou ses partisans pour consolateurs ? aucun ne voudra l'avouer; n'ayant plus rien à leur offrir, tous le rejeteront comme un fardeau; le malheur l'environnant de toutes parts, il languira dans l'opprobre et dans l'infortune, et n'ayant même plus son cœur pour asyle, il expirera bientôt dans le désespoir. Quel est donc ce raisonne-

---

ces mots touchans, au temple de mémoire, où tes vertus t'assurent une place.

ment absurde de nos adversaires? quel
est cet effort impuissant pour atténuer la
vertu, d'oser dire, que tout ce qui n'est
pas universel est chimère, et que les vertus n'étant que locales, aucune d'elles
ne saurait avoir de réalité? Eh quoi ! il
n'y a point de vertu, parce que chaque
peuple a dû se faire les siennes? parce
que les différens climats, les différentes
sortes de tempéramens ont nécessité différentes espèces de freins, parce qu'en
un mot la vertu s'est multipliée sous mille
formes, il n'y a point de vertu sur la
terre? Il vaudrait autant douter de la
réalité d'un fleuve, parce qu'il se sépa-
rerait en mille branches diverses. Eh !
qui prouve mieux et l'existence de la
vertu et sa nécessité, que le besoin que
l'homme a, de l'adapter à toutes ses différentes mœurs et d'en faire la base de
toutes ? Qu'on me trouve un seul peuple
qui vive sans vertu, un seul dont la bienfaisance et l'humanité ne soient pas les
liens fondamentaux, je vais plus loin,
qu'on me trouve même une association
de scélérats qui ne soit cimentée par quel-

ques principes de vertu, et j'abandonne sa cause; mais si elle est au contraire démontrée utile par-tout, s'il n'est aucune nation, aucun état, aucune société, aucun individu qui puissent s'en passer, si l'homme, en un mot, ne peut vivre ni heureux ni en sûreté sans elle, aurai-je tort, ô, mon enfant, de t'exhorter à ne t'en écarter jamais? Vois, Florville, continua mon bienfaiteur, en me pressant dans ses bras, vois où t'ont fait tomber tes premiers égaremens; et si l'erreur te sollicite encore, si la séduction ou ta faiblesse te préparent de nouveaux piéges, songe aux malheurs de tes premiers écarts, songe à un homme qui t'aime comme sa propre fille.... dont tes fautes déchireraient le cœur, et tu trouveras dans ces réflexions toute la force qu'exige le culte des vertus, où je veux te rendre à jamais.

Monsieur de Saint-Prât toujours dans ces mêmes principes, ne m'offrit point sa maison; mais il me proposa d'aller vivre avec une de ses parentes, femme aussi célèbre par la haute piété dans laquelle elle vivait, que madame de Verquin l'était par ses travers. Cet arrangement me plût fort. Madame de Lérince m'accepta le plus volontiers du monde, et je fus installée chez elle dès la même semaine de mon retour à Paris.

Oh! monsieur, quelle différence de cette respectable femme à celle que je quittais! Si le vice et la dépravation avaient chez l'une établi leur empire, on eut dit que le cœur de l'autre était l'asyle de toutes les vertus. Autant la première m'avait effrayée de ses dépravations, autant je me trouvais consolée des édifians principes de la seconde; je n'avais trouvé que de l'amertume et des remords en écoutant madame de Verquin, je ne rencontrais que des douceurs et des consolations en me livrant à madame de Lérince... Ah! monsieur, permettez-moi de vous la peindre cette femme adorable que j'aimerai toujours; c'est un hommage que mon cœur doit à ses vertus, il m'est impossible d'y résister.

Madame de Lérince, âgée d'environ quarante ans, était encore très-fraîche, un air de candeur et de modestie embellisait bien plus ses traits que les divines proportions qu'y faisait régner la nature; un peu trop de noblesse et de majesté la rendait, disait-on, imposante au premier aspect, mais ce qu'on eut pu prendre pour de la fierté, s'adoucissait dès qu'elle ouvrait la bouche; c'était une âme si belle et si pure, une aménité si parfaite, une franchise si entière, qu'on sentait insensiblement malgré soi, joindre à la vénération qu'elle inspirait d'abord, tous les sentimens les plus tendres. Rien d'outré, rien de superstitieux dans la religion de madame de Lérince; c'était dans la plus extrême sensibilité que l'on trouvait en elle les principes de sa foi. L'idée de l'existence de Dieu, le culte dû à cet être suprême, telles étaient les jouissances les plus vives de cette âme aimante; elle avouait hautement qu'elle serait la plus malheureuse des créatures, si de perfides lumières contraignaient jamais son es-

prit à détruire en elle le respect et
l'amour qu'elle avait pour son culte;
encore plus attachée, s'il est possible,
à la morale sublime de cette religion,
qu'à ses pratiques ou à ses cérémonies,
elle faisait de cette excellente morale,
la règle de toutes ses actions; jamais la
calomnie n'avait souillé ses lèvres, elle
ne se permettait même pas une plaisanterie qui pût affliger son prochain; pleine
de tendresse et de sensibilité pour ses
semblables, trouvant les hommes inté-
ressans, même dans leurs défauts, son
unique occupation était, ou de cacher
ces défauts avec soin, ou de les en reprendre avec douceur; étaient-ils malheureux, aucuns charmes n'égalaient
pour elle, ceux de les soulager; elle n'attendait pas que les indigens vinssent
implorer son secours, elle les cherchait...
elle les devinait, et l'on voyait la joie
éclater sur ses traits, quand elle avait consolé la veuve ou pourvu l'orphelin, quand
elle avait répandu l'aisance dans une pauvre famille, ou lorsque ses mains avaient
brisé les fers de l'infortune. Rien d'âpre,

rien d'austère auprès de tout cela; les plaisirs qu'on lui proposait étaient-ils chastes, elle s'y livrait avec délices, elle en imaginait même, dans la crainte qu'on ne s'ennuyât près d'elle. Sage... éclairée avec le moraliste... profonde avec le théologien; elle inspirait le romancier et souriait au poëte, elle étonnait le législateur ou le politique, et dirigeait les jeux d'un enfant; possédant toutes les sortes d'esprit, celui qui brillait le plus en elle, se reconnaissait principalement au soin particulier... à l'attention charmante qu'elle avait, ou à faire paraître celui des autres, ou à leur en trouver toujours. Vivant dans la retraite par goût, cultivant ses amis pour eux, madame de Lérince en un mot, le modèle de l'un et l'autre sexe, faisait jouir tout ce qui l'entourait, de ce bonheur tranquille... de cette volupté céleste, promise à l'honnête homme, par le Dieu saint dont elle était l'image.

Je ne vous ennuirai point, monsieur, des détails monotones de ma vie, pendant les dix-sept ans que j'ai eu le bon-

heur de vivre avec cette créature adorable. Des conférences de morale et
de piété, le plus d'actes de bienfaisance
qu'il nous était possible, tels étaient les
devoirs qui partageaient nos jours.

« Les hommes ne s'effarouchent de
la religion, ma chère Florville, me disait madame de Lérince, que parce que
des guides mal-adroits ne leur en font
sentir que les chaines, sans leur en offrir les douceurs. Peut-il exister un
homme assez absurde pour oser, en
ouvrant les yeux sur l'univers, ne pas
convenir que tant de merveilles ne
peuvent être que l'ouvrage d'un Dieu
tout-puissant. Cette première vérité
sentie.... et faut-il autre chose que son
cœur pour s'en convaincre?... quel peut-
il être donc cet individu cruel et barbare qui refuserait a'ors son hommage
au dieu bienfaisant qui l'a créé? mais la
diversité des cultes embarasse, on croit
trouver leur fausseté dans leur multitude; quel sophisme! et n'est-ce point
dans cette unanimité des peuples à reconnaître et servir un dieu, n'est-ce donc

point dans cet aveu tacite empreint au
cœur de tous les hommes, où se trouve
plus encore, s'il est possible, que dans
les sublimités de la nature, la preuve
irrévocable de l'existence de ce dieu
suprême? quoi! l'homme ne peut vivre
sans adopter un dieu, il ne peut s'inter-
roger sans en trouver des preuves dans
lui-même, il ne peut ouvrir les yeux
sans rencontrer par-tout des traces de
ce dieu, et il ose encore en douter!
Non, Florville, non, il n'y a point d'a-
thée de bonne-foi; l'orgueil, l'entête-
ment, les passions, voilà les armes des-
tructives de ce dieu qui se revivifie sans
cesse dans le cœur de l'homme ou dans
sa raison; et quand chaque battement
de ce cœur, quand chaque trait lumi-
neux de cette raison m'offrent cet être
incontestable, je lui refuserais mon hommage, je lui déroberais le tribut que sa
bonté permet à ma faiblesse, je ne m'hu-
milierais pas devant sa grandeur, je ne
lui demanderais pas la grâce, et d'en-
durer les misères de la vie, et de me
faire un jour participer à sa gloire! je

n'ambitionnerais pas la faveur de passer
l'éternité dans son sein, ou je risquerais
cette même éternité dans un gouffre
effrayant de supplices, pour m'être refusé aux preuves indubitables qu'a bien
voulu me donner ce grand être, de la certitude de son existence! Mon enfant, cette
effroyable alternative permet elle-même
un instant de réflexion? ô vous qui vous
refusez opiniâtrement aux traits de
flamme élancés par ce dieu même au
fond de votre cœur, soyez au moins
justes un instant, et par seule pitié pour
vous-même, rendez-vous à cet argument
invincible de Pascal : « s'il n'y a point de
» Dieu, que vous importe d'y croire, quel
» mal vous fait cette adhésion? et s'il y
» en a un, quels dangers ne courez-vous
» pas à lui refuser votre foi? » Vous ne
savez, dites-vous, incrédules, quel hommage offrir à ce dieu, la multitude des
religions vous offusque; eh bien, exa-
minez-les toutes, j'y consens, et venez
dire après de bonne-foi, à laquelle
vous trouvez plus de grandeur et de
majesté; niez, s'il vous est possible, ô

Chrétiens, que celle dans laquelle vous avez eu le bonheur de naître ne vous paraisse pas celle de toutes, dont les caractères ne soient les plus saints et les plus sublimes ; cherchez ailleurs d'aussi grands mystères, des dogmes aussi purs, une morale aussi consolante ; trouvez dans une autre religion le sacrifice ineffable d'un dieu, en faveur de sa créature ; voyez-y des promesses plus belles, un avenir plus flatteur, un dieu plus grand et plus sublime ! Non, tu ne le peux, philosophe du jour ; tu ne le peux, esclave de tes plaisirs, dont la foi change avec l'état physique de tes nerfs ; impie dans le feu des passions, crédule dès quelles sont calmées, tu ne le peux, te dis-je ; le sentiment l'avoue sans cesse, ce dieu que ton esprit combat, il existe toujours près de toi, même au milieu de tes erreurs ; brise ces fers qui t'attachent au crime, et jamais, ce dieu saint et majestueux ne s'éloignera du temple érigé par lui dans ton cœur. C'est au fond de ce cœur, bien plus encore que dans sa raison, qu'il faut, ô ma chère

Florville, trouver la nécessité de ce dieu
que tout nous indique et nous prouve;
c'est de ce même cœur qu'il faut également recevoir la nécessité du culte
que nous lui rendons, et c'est ce cœur
seul, qui te convaincra bientôt, chère
amie, que le plus noble et le plus épuré
de tous, est celui dans lequel nous
sommes nées. Pratiquons-le donc avec
exactitude, avec joie, ce culte doux et
consolateur, qu'il remplisse ici bas nos
momens les plus beaux, et qu'insensiblement conduites en le chérissant au dernier terme de notre vie, ce soit par une
voie d'amour et de délices que nous
allions déposer dans le sein de l'éternel,
cette âme émanée de lui, uniquement
formée pour le connaître, et dont nous
n'avons dû jouir, que pour le croire et
pour l'adorer ».

Voilà comme me parlait madame de
Lérince, voilà comme mon esprit se fortifiait de ses conseils, et comme mon
âme se raréfiait sous son aile sacrée;
mais je vous l'ai dit, je passe sous silence
tous les petits détails des événemens de

ma vie dans cette maison, pour ne
vous arrêter qu'à l'essentiel ; ce sont mes
fautes que je dois vous révéler, homme
généreux et sensible, et quand le ciel
a voulu me permettre de vivre en paix
dans la route de la vertu, je n'ai qu'à
le remercier et me taire.

Je n'avais pas cessé d'écrire à madame
de Verquin, je recevais régulièrement
deux fois par mois de ses nouvelles, et
quoique j'eusse du sans doute renoncer
à ce commerce, quoique la réforme de
ma vie, et de meilleurs principes me
contraignissent en quelque façon à le
rompre, ce que je devais à monsieur de
Saint-Prât, et plus que tout, faut-il
l'avouer, un sentiment secret qui m'entraînait toujours invinciblement vers les
lieux où tant d'objets chéris m'enchai-
naient autrefois, l'espoir, peut-être d'apprendre un jour des nouvelles de mon
fils, tout enfin m'engagea à continuer
un commerce que madame de Verquin
eut l'honnêteté de soutenir toujours régulièrement ; j'essayais de la convertir,
je lui vantais les douceurs de la vie que

je menais, mais elle les traitait de chi-
mères, elle ne cessait de rire de mes
résolutions, ou de les combattre, et toujours ferme dans les siennes, elle m'as-
surait que rien au monde ne serait capable de les affaiblir, elle me parlait
des nouvelles prosélites qu'elle s'amusait
à faire, elle mettait leur docilité bien au-
dessus de la mienne; leurs chûtes mul-
tipliées étaient, disait cette femme per-
verse, de petits triomphes qu'elle ne
remportait jamais sans délices, et le plaisir d'entraîner ces jeunes cœurs au mal,
la consolait de ne pouvoir faire tout celui
que son imagination lui dictait. Je priais
souvent madame de Lérince de me prêter sa plume éloquente pour renverser
mon adversaire, elle y consentait avec
joie; madame de Verquin nous répondait, et ses sophismes quelquefois très-
forts, nous contraignaient à recourir aux
argumens bien autrement victorieux
d'une âme sensible, où madame de Lérince prétendait, avec raison, que se
trouvait inévitablement, tout ce qui devait détruire le vice, et confondre l'in-

crédulité. Je demandais de temps en temps à madame de Verquin, des nouvelles de celui que j'aimais encore, mais ou elle ne put, ou elle ne voulut jamais m'en apprendre.

Il en est temps, monsieur; venons à cette seconde catastrophe de ma vie, à cette anecdote sanglante qui brise mon cœur chaque fois qu'elle se présente à mon imagination, et qui vous apprenant le crime affreux dont je suis coupable, vous fera sans doute renoncer aux projets trop flatteurs que vous formiez sur moi.

La maison de madame de Lérince, telle régulière que j'aie pu vous la peindre, s'ouvrait pourtant à quelques amis; madame de Dulfort, femme d'un certain âge, autrefois attachée à la princesse de Piémont, et qui venait nous voir très-souvent, demanda un jour à madame de Lérince, la permission de lui présenter un jeune homme qui lui était expressément recommandé, et qu'elle serait bien aise d'introduire dans une maison, où les exemples de vertu qu'il

recevrait sans cesse, ne pourraient que
contribuer à lui former le cœur. Ma
protectrice s'excusa sur ce qu'elle ne
recevait jamais de jeunes gens, ensuite
vaincue par les pressantes sollicitations
de son amie, elle consentit à voir le chevalier de Saint-Ange : il parut.

Soit pressentiment... soit tout ce qu'il
vous plaira, monsieur, il me prit, en
appercevant ce jeune homme, un frémissement universel dont il me fut impossible de démêler la cause.... je fus
prête à m'évanouir.... Ne recherchant
point le motif de cet effet bizarre, je l'at-
tribuai à quelque mal-aise intérieur, et
Saint-Ange cessa de me frapper. Mais si
ce jeune homme m'avait dès la première
vue agitée de cette sorte, pareil effet
s'était manifesté dans lui.... je l'appris
enfin par sa bouche. Saint-Ange était
rempli d'une si grande vénération pour
le logis dont on lui avait ouvert l'entrée,
qu'il n'osait s'oublier au point d'y laisser
échapper le feu qui le consumait. Trois
mois se passèrent donc avant qu'il n'osât
m'en rien dire ; mais ses yeux m'expri-
maient

maient un langage si vif, qu'il me devenait impossible de m'y méprendre. Bien
décidée à ne point retomber encore dans
un genre de faute auquel je devais le
malheur de mes jours, très-affermie par
de meilleurs principes, je fus prête vingt
fois à prévenir madame de Lérince des
sentimens que je croyais démêler dans
ce jeune homme; retenue ensuite par la
crainte que je craignais de lui faire, je
pris le parti du silence. Funeste résolution sans doute, puisqu'elle fût cause du
malheur effrayant que je vais bientôt
vous apprendre.

Nous étions dans l'usage de passer tous
les ans, six mois dans une assez jolie campagne que possédait madame de Lérince
à deux lieues de Paris; monsieur de Saint-
Prât nous y venait voir souvent; pour
mon malheur la goutte le retint cette
année, il lui fut impossible d'y paraître;
je dis pour mon malheur, monsieur,
parce qu'ayant naturellement plus de
confiance en lui qu'en sa parente, je lui
aurais avoué des choses que je ne pus
jamais me résoudre à dire à d'autres, et

Tome II. K

dont les aveux eussent sans doute prévenu le funeste accident qui arriva.

Saint-Ange demanda permission à madame de Lérince d'être du voyage, et
comme madame de Dulfort sollicitait
également pour lui cette grâce, elle lui
fut accordée.

Nous étions tous assez inquiets dans
la société de savoir quel était ce jeune
homme; il ne paraissait rien ni de bien
clair, ni de bien décidé sur son existence; madame de Dulfort nous le donnait pour le fils d'un gentilhomme de
province, auquel elle appartenait; lui,
oubliant quelquefois ce qu'avait dit madame de Dulfort, se faisait passer pour
piémontais; opinion que fondait assez la
manière dont il parlait italien. Il ne servait point, il était pourtant en âge de
faire quelque chose, et nous ne le voyions
encore décidé à aucun parti. D'ailleurs
une très-jolie figure, fait à peindre, le
maintien fort décent, le propos très-hon-
nête, tout l'air d'une excellente éducation, mais au travers de cela une vivacité
prodigieuse, une sorte d'impétuosité dans

le caractère qui nous effrayait quelquefois.

Dès que monsieur de Saint-Ange fut
à la campagne, ses sentimens n'ayant
fait que croître par le frein qu'il avait
cherché à leur imposer, il lui devint impossible de me les cacher; je frémis....
et devins pourtant assez maîtresse de
moi - même pour ne lui montrer que
de la pitié. En vérité, monsieur, lui
dis-je, il faut que vous méconnaissiez ce
que vous pouvez valoir, ou que vous
ayez bien du temps à perdre, pour l'employer avec une femme qui a le double
de votre âge; mais à supposer même que
je fusse assez folle pour vous écouter,
quelles prétentions ridicules oseriez-vous
former sur moi? — Celles de me lier à
vous par les nœuds les plus saints, mademoiselle; que vous m'estimeriez peu,
si vous pouviez m'en supposer d'autres!
— En vérité, monsieur, je ne donnerai
point au public la scène bizarre de voir
une fille de trente-quatre ans épouser un
enfant de dix-sept.—Ah! cruelle, verriez-
vous ces faibles disproportions, s'il exis-

K 2

tait au fond de votre cœur la millième
partie du feu qui dévore le mien? — Il
est certain, monsieur, que pour moi, je
suis très-calme.... je le suis depuis bien
des années, et le serai j'espère aussi long-
temps qu'il plaira à Dieu de me laisser
languir sur la terre. — Vous m'arrachez
jusqu'à l'espoir de vous attendrir un jour.
— Je vais plus loin, j'ose vous défendre
de m'entretenir plus long-temps de vos
folies. — Ah! belle Florville, vous voulez donc le malheur de ma vie? — J'en
veux le repos et la félicité. — Tout cela
ne peut exister qu'avec vous. — Oui....
tant que vous ne détruirez pas des sentimens ridicules que vous n'auriez jamais
dû concevoir; essayez de les vaincre,
tâchez d'être maître de vous, votre tranquillité renaîtra. — Je ne le puis. — Vous
ne le voulez point, il faut nous séparer
pour y réussir; soyez deux ans sans me
voir, cette effervescence s'éteindra, vous
m'oublierez, et vous serez heureux. —
Ah! jamais, jamais, le bonheur ne sera
pour moi qu'à vos pieds.... Et comme la

société nous rejoignait, notre première conversation resta là.

Trois jours après Saint-Ange ayant trouvé le moyen de me rencontrer encore seule, voulut reprendre le ton de l'avant-veille. Pour cette fois je lui imposai silence avec tant de rigueur, que ses larmes coulèrent avec abondance; il me quitta brusquement, me dit que je le mettais au désespoir, et qu'il s'arracherait bientôt la vie, si je continuais à le traiter ainsi.... Revenant ensuite comme un furieux sur ses pas.... mademoiselle, me dit-il, vous ne connaissez pas l'âme que vous outragez.... non, vous ne la connaissez pas.... sachez que je suis capable de me porter aux dernières extrémités.... à celles même que vous êtes peut-être bien loin de penser.... oui, je m'y porterai mille fois plutôt que de renoncer au bonheur d'être à vous, et il se retira dans une affreuse douleur.

Je ne fus jamais plus tentée qu'alors de parler à madame de Lérince, mais je vous le répète, la crainte de nuire à ce jeune homme me retint, je me tus. Saint-

K 3

Ange fut huit jours à me fuir, à peine
me parlait-il, il m'évitait à table.... dans
le salon.... aux promenades, et tout cela
sans doute pour voir si ce changement
de conduite produirait en moi quelqu'impression ; si j'eusse partagé ses sentimens, le moyen était sûr, mais j'en
étais si loin, qu'à peine eus-je l'air de me
douter de ses manœuvres.

Enfin il m'aborde au fond des jardins...
Mademoiselle, me dit-il, dans l'état du
monde le plus violent.... j'ai enfin réussi
à me calmer, vos conseils ont fait sur
moi l'effet que vous en attendiez.... vous
voyez comme me voilà redevenu tranquille.... je n'ai cherché à vous trouver
seule que pour vous faire mes derniers
adieux.... oui, je vais vous fuir à jamais,
mademoiselle.... je vais vous fuir.... vous
ne verrez plus celui que vous haïssez....
oh ! non, non, vous ne le verrez plus.
— Ce projet me fait plaisir, monsieur ;
j'aime à vous croire enfin raisonnable ;
mais, ajoutai-je en souriant, votre con-
version ne me paraît pas encore bien
réelle. — Eh ! comment faut-il donc que

je sois, mademoiselle, pour vous convaincre de mon indifférence? — Tout
autrement que je ne vous vois. — Mais
au moins quand je serai parti... quand
vous n'aurez plus la douleur de me voir,
peut-être croirez-vous à cette raison où
vous faites tant d'efforts pour me ramener? — Il est vrai qu'il n'y a que cette démarche qui puisse me le persuader, et je
ne cesserai de vous la conseiller sans
cesse. — Ah! je suis donc pour vous un
objet bien affreux? — Vous êtes, monsieur, un homme fort aimable, qui
devez voler à des conquêtes d'un autre
prix, et laisser en paix une femme à laquelle il est impossible de vous entendre.
Vous m'entendrez pourtant, dit-il alors
en fureur, oui, cruelle, vous entendrez,
quoique vous en puissiez dire, les sentimens de mon âme de feu, et l'assurance
qu'il ne sera rien dans le monde que je
ne fasse... ou pour vous mériter, ou pour
vous obtenir.... N'y croyez pas au moins,
reprit-il impétueusement, n'y croyez pas
à ce départ simulé, je ne l'ai feint que
pour vous éprouver.... moi, vous quit-

ter.... moi , m'arracher au lieu qui
vous possède , on me priverait plutôt
mille fois du jour.... Haïssez-moi, perfide, haïssez-moi, puisque tel est mon
malheureux sort, mais n'espérez jamais
vaincre en moi l'amour dont je brûle
pour vous.... Et Saint-Ange était dans
un tel état en prononçant ces derniers
mots , par une fatalité que je n'ai jamais
pu comprendre, il avait si bien réussi à
m'émouvoir , que je me détournai pour
lui cacher mes pleurs, et le laissai dans
le fond du bosquet, où il avait trouvé le
moyen de me joindre. Il ne me suivit
pas ; je l'entendis se jeter à terre, et s'a-
bandonner aux excès du plus affreux
délire.... Moi-même , faut-il vous l'a-
vouer , monsieur , quoique bien certaine
de n'éprouver nul sentiment d'amour
pour ce jeune homme, soit commiséra-
tion, soit souvenir, il me fut impossible
de ne pas éclater à mon tour.

Hélas ! me disais-je , en me livrant à
ma douleur.... voilà quels étaient les
propos de Senneval.... c'étaient dans les
mêmes termes qu'il m'exprimait les senti-

mens de sa flamme.... également dans un
jardin... dans un jardin comme celui-ci...
ne me disait-il pas qu'il m'aimerait toujours.... et ne m'a-t-il pas cruellement
trompée !... Juste ciel ! il avait le même
âge.... Ah ! Senneval.... Senneval, est-ce
toi qui cherche à me ravir encore mon
repos ? et ne reparais-tu sous ces traits
séducteurs que pour m'entraîner une seconde fois dans l'abîme ?.... Fuis, lâche....
fuis.... j'abhorre à présent jusqu'à ton
souvenir !

J'essuyai mes larmes, et fus m'enfer-
mer chez moi jusqu'à l'heure du souper ;
je descendis alors.... mais Saint-Ange
ne parut pas, il fit dire qu'il était malade, et le lendemain, il fut assez adroit
pour ne me laisser lire sur son front que
de la tranquillité.... je m'y trompai ; je
crus réellement qu'il avait fait assez
d'efforts sur lui-même pour avoir vaincu
sa passion. Je m'abusais ; le perfide !....
Hélas ! que dis-je, monsieur, je ne lui
dois plus d'invectives.... il n'a plus de
droits qu'à mes larmes, il n'en a plus
qu'à mes remords.

K 5

Saint-Ange ne semblait aussi calme,
que parce que ses plans étaient dressés;
deux jours se passèrent ainsi, et vers le
soir du troisième, il annonça publiquement son départ; il prit avec madame
de Dulfort, sa protectrice, des arrangemens relatifs à leurs communes affaires
à Paris.

On se coucha..... Pardonnez-moi,
monsieur, le trouble où me jette d'a-
vance le récit de cette affreuse catastrophe; elle ne se peint jamais à ma mémoire sans me faire frissonner d'horreur.

Comme il faisait une chaleur extrême,
je m'étais jeté dans mon lit presque nue;
ma femme de chambre dehors, je venais
d'éteindre ma bougie.... Un sac à ouvrage
était malheureusement resté ouvert sur
mon lit, parce que je venais de couper
des gazes dont j'avais besoin le lendemain. A peine mes yeux commençaient-
ils à se fermer, que j'entends du bruit....
je me relève sur mon séant avec vivacité.... je me sens saisie par une main....
Tu ne me fuiras plus, Florville, me dit
Saint-Ange.... c'était lui.... Pardonne à

l'excès de ma passion, mais ne cherche
pas à t'y soustraire.... il faut que tu sois
à moi. Infâme séducteur ! m'écriai-je,
fuis dans l'instant, ou crains les effets
de mon courroux.... Je ne crains que
de ne pouvoir te posséder, fille cruelle,
reprit cet ardent jeune homme, en se
précipitant sur moi si adroitement et
dans un tel état de fureur, que je devins
sa victime avant que de pouvoir l'empêcher.... Courroucée d'un tel excès
d'audace, décidée à tout plutôt que d'en
souffrir la suite, je me jette en me dé-
barrassant de lui, sur les ciseaux que
j'avais à mes pieds; me possédant néanmoins dans ma fureur, je cherche son
bras pour l'y atteindre, et pour l'effrayer
par cette résolution de ma part, bien
plus que pour le punir comme il méritait de l'être; sur le mouvement qu'il me
sent faire, il redouble la violence des
siens. Fuis! traître, m'écriai-je, en croyant
le frapper au bras, fuis dans l'instant, et
rougis de ton crime.... Oh ! monsieur,
une main fatale avait dirigé mes coups....
le malheureux jeune homme jette un

K 6

cri, et tombe sur le carreau.... Ma bougie à l'instant rallumée, je m'approche....' juste ciel! je l'ai frappé dans le cœur.... il expire!..... Je me précipite sur ce cadavre sanglant.... je le presse avec délire sur mon sein agité....... ma bouche empreinte sur la sienne veut rappeler une âme qui s'exhale; je lave sa blessure de mes pleurs.... O toi! dont le seul crime fut de me trop aimer, dis-je avec l'égarement du désespoir, méritais-tu donc un supplice pareil? devais-tu perdre la vie par la main de celle à qui tu aurais sacrifié la tienne? O! malheureux jeune homme.... image de celui que j'adorais, s'il ne faut que t'aimer pour te rendre à la vie, apprends, en cet instant cruel, où tu ne peux malheureusement plus m'entendre.... apprends, si ton âme palpite encore, que je voudrais la ranimer au prix de mes jours.... apprends que tu ne me fus jamais indifférent...' que je ne t'ai jamais vu sans trouble, et que les sentimens que j'éprouvais pour toi, étaient peut-être bien supérieurs à ceux du faible amour qui brûlait dans ton cœur.

'A ces mots je tombai sans connaissance sur le corps de cet infortuné jeune homme, ma femme-de-chambre entra, elle avait entendu le bruit, elle me soigne, elle joint ses efforts aux miens pour rendre Saint-Ange à la vie... Hélas! tout est inutile. Nous sortons de ce fatal appartement, nous en fermons la porte avec soin, nous emportons la clef, et volons à l'instant à Paris chez monsieur de Saint-Prât... je le fais éveiller, je lui remets la clef de cette funeste chambre, je lui raconte mon horrible aventure, il me plaint, il me console, et tout malade qu'il est, il se rend aussitôt chez madame de Lérince; comme il y avait fort près de cette campagne à Paris, la nuit suffit à toutes ces démarches. Mon protecteur arrive chez sa parente au moment où on se levait, et où rien encore n'avait transpiré; jamais amis, jamais parens ne se conduisirent mieux que dans cette circonstance; loin d'imiter ces gens stupides ou féroces qui n'ont de charmes dans de telles crises, qu'à ébruiter tout ce qui peut

flétrir ou rendre malheureux et eux et
ce qui les entoure, à peine les domestiques se doutèrent-ils de ce qui s'était
passé.

Eh bien! monsieur, dit ici mademoiselle de Florville, en s'interrompant, à
cause des larmes qui la suffoquaient,
épouserez-vous maintenant une fille capable d'un tel meurtre? Souffrirez-vous
dans vos bras une créature qui a mérité la rigueur des loix? une malheureuse
enfin, que son crime tourmente sans
cesse, qui n'a pas eu une seule nuit
tranquille depuis ce cruel moment. Non
monsieur, il n'en est pas une où ma malheureuse victime ne se soit présentée à
moi inondée du sang que j'avais arraché de son cœur.

Calmez-vous, mademoiselle, calmez-
vous, je vous conjure, dit monsieur de
Courval en mêlant ses larmes à celles
de cette fille intéressante; avec l'âme
sensible que vous avez reçue de la nature, je conçois vos remords; mais il
n'y a pas même l'apparence du crime
dans cette fatale aventure, c'est un mal-

heur affreux sans doute, mais ce n'est que cela ; rien de prémédité, rien d'atroce, le seul desir de vous soustraire au plus odieux attentat... un meurtre, en un mot, fait par hasard, en se défendant.... Rassurez-vous, mademoiselle, rassurez-vous donc, je l'exige ; le plus sévère des tribunaux ne ferait qu'essuyer vos larmes ; oh ! combien vous vous êtes trompée, si vous avez craint qu'un tel évènement vous fit perdre sur mon cœur tous les droits que vos qualités vous assurent. Non, non belle Florville, cette occasion loin de vous déshonorer, relève à mes yeux l'éclat de vos vertus, elle ne vous rend que plus digne de trouver une main consolatrice qui vous fasse oublier vos chagrins.

Ce que vous avez la bonté de me dire, reprit mademoiselle de Florville, monsieur de Saint-Prât me le dit également ; mais vos excessives bontés à l'un et à l'autre, n'étouffent pas les reproches de ma conscience, jamais rien n'en calmera les remords. N'importe, reprenons monsieur, vous devez être inquiet du dénouement de tout ceci.

Madame de Dulfort fut désolée sans
doute; ce jeune homme très-intéressant
par lui-même, lui était trop particulière-
ment recommandé pour ne pas déplorer
sa perte; mais elle sentit les raisons du silence, elle vit que l'éclat, en me perdant, ne rendrait pas la vie à son protégé, et elle se tut. Madame de Lérince, malgré la sévérité de ses principes, et l'excessive régularité de ses
mœurs, se conduisit encore mieux,
s'il est possible, parce que la prudence
et l'humanité sont les caractères dis-
tinctifs de la vraie piété; elle publia
d'abord dans la maison, que j'avais fait
la folie de vouloir retourner à Paris
pendant la nuit pour jouir de la fraî-
cheur du temps, qu'elle était parfaitement instruite de cette petite extrava-
gance; qu'au reste j'avais d'autant mieux
fait, que son projet à elle, était d'y aller
souper le même soir, sous ce prétexte
elle y renvoya tout son monde. Une fois
seule avec monsieur de Saint-Prât et
son amie, on envoya chercher le curé;
le pasteur de madame de Lérince devait

être un homme aussi sage et aussi éclairé qu'elle ; il remit sans difficulté une attestation en règle à madame de Dulfort, et enterra lui-même, secrètement avec deux de ses gens, la malheureuse victime de ma fureur.

Ces soins remplis, tout le monde reparut, le secret fut juré de part et d'autre, et monsieur de Saint-Prât vint me calmer en me faisant part de tout ce qui venait d'être fait pour ensevelir ma faute dans le plus profond oubli ; il parut desirer que je retournasse à mon ordinaire chez madame de Lérince... elle était prête à me recevoir... je ne pus le prendre sur moi ; alors il me conseilla de me distraire. Madame de Verquin avec laquelle je n'avais jamais cessé d'être en commerce comme je vous l'ai dit, monsieur, me pressait toujours d'aller encore passer quelques mois avec elle, je parlai de ce projet à son frère, il l'approuva, et huit jours après je partis pour la Lorraine ; mais le souvenir de mon crime me poursuivait partout, rien ne parvenait à me calmer.

Je me réveillais au milieu de mon
sommeil, croyant entendre encore les
gémissemens et les cris de ce malheureux Saint-Ange, je le voyais sanglant
à mes pieds, me reprocher ma barbarie, m'assurer que le souvenir de cette
affreuse action me poursuivrait jusqu'à
mes derniers instans, et que je ne connaissais pas le cœur que j'avais déchiré.

Une nuit entr'autres, Senneval, ce
malheureux amant que je n'avais pas
oublié, puisque lui seul m'entraînait
encore à Nancy...Senneval me faisait voir
à-la-fois deux cadavres, celui de Saint-
Ange et celui d'une femme inconnue de
moi, (1) il les arrosait tous deux de ses
larmes, et me montrait non loin de-là,
un cercueil hérissé d'épines qui paraissait s'ouvrir pour moi; je me réveillai
dans une affreuse agitation, mille sen-

_____

(1) Qu'on n'oublie pas l'expression : -- *Une
femme inconnue de moi*, afin de ne pas confondre. Florville a encore quelques pertes à
faire, avant que le voile ne se lève, et ne lui
fasse connaître la femme qu'elle voyait en
songe.

timens confus s'élevèrent alors dans mon âme, une voix secrète semblait me dire : « oui, tant que tu respireras, cette malheureuse victime t'arrachera des larmes de sang, qui deviendront chaque jour plus cuisantes ; et l'aiguillon de tes remords s'aiguisera sans cesse au lieu de s'émousser ».

Voilà l'état où j'arrivai à Nancy, monsieur, mille nouveaux chagrins m'y attendaient ; quand une fois la main du sort s'appesantit sur nous, ce n'est qu'en redoublant, que ses coups nous écrasent.

Je descendis chez madame de Verquin, elle m'en avait priée par sa dernière lettre, et se faisait, disait-elle, un plaisir de me revoir ; mais dans quelle situation juste ciel allions-nous toutes deux goûter cette joie ! elle était au lit de la mort quand j'arrivai, qui me l'eût dit, grand dieu ! il n'y avait pas quinze jours qu'elle m'avait écrit... qu'elle me parlait de ses plaisirs présens, et qu'elle m'en annonçait de prochains ; et voilà donc quels sont les projets des mortels, c'est au moment où il les forment, c'est

au milieu de leurs amusemens que l'im-
pitoyable mort vient trancher le fil de
leurs jours, et vivant, sans jamais s'occuper de cet instant fatal, vivant comme
s'ils devaient exister toujours, ils dispa-
raissent dans ce nuage obscur de l'im-
mortalité, incertains du sort qui les y
attend.

Permettez, monsieur, que j'interrompe
un moment le récit de mes aventures,
pour vous parler de cette perte, et pour
vous peindre le stoïcisme effrayant qui
accompagna cette femme au tombeau.

Madame de Verquin qui n'était plus
jeune, elle avait pour lors cinquante
deux ans, après une partie folle pour son
âge, se jeta dans l'eau pour se rafraî-
chir, elle s'y trouva mal, on la rapporta
chez elle dans un état affreux, une
fluxion de poitrine se déclara dès le lendemain ; on lui annonça le sixième jour
qu'elle avait à peine vingt-quatre heures
à vivre. Cette nouvelle ne l'effraya point;
elle savait que j'allais venir, elle recommanda qu'on me reçût ; j'arrive, et
d'après la sentence du médecin, c'était

le même soir qu'elle devait expirer. Elle s'était fait placer dans une chambre meublée avec tout le goût et l'élégance possibles ; elle y était couchée, négligem-ment parée, sur un lit voluptueux, dont les rideaux de gros de tour lilas, étaient agréablement relevés par des guirlandes de fleurs naturelles ; des touffes d'œillets, de jasmins, de tubéreuses et de roses, ornaient tous les coins de son apparte-ment, elle en effeuillait dans une cor-beille, en couvrait et sa chambre et son lit. Elle me tend la main dès qu'elle me voit ; approche, Florville, me dit-elle, embrasse-moi sur mon lit de fleurs... comme tu es devenue grande et belle... oh! ma foi mon enfant, la vertu t'a réussi... on t'a dit mon état... on te l'a dit, Florville... je le sais aussi... dans peu d'heures je ne serai plus ; je n'aurais pas cru te revoir pour aussi peu de temps... et comme elle vit mes yeux se remplir de larmes : allons donc folle, me dit-elle, ne fais donc pas l'enfant... tu me crois donc bien malheureuse ? n'ai-je pas joui autant que

femme au monde? Je ne perds que les
années où il m'eut fallu renoncer au
plaisir, et qu'eussai-je fait sans eux? En
vérité je ne me plains point de n'avoir
pas vécu plus vieille ; dans quelques
temps, aucun homme n'eût voulu de
moi, et je n'ai jamais desiré de vivre
que ce qu'il fallait pour ne pas inspirer
du dégout. La mort n'est à craindre,
mon enfant, que pour ceux qui croyent;
toujours entre l'enfer et le paradis, incertains de celui qui s'ouvrira pour eux,
cette anxiété les désole ; pour moi qui
n'espère rien, pour moi qui suis bien
sûre de n'être pas plus malheureuse après
ma mort que je ne l'étais avant ma vie,
je vais m'endormir tranquillement dans
le sein de la nature, sans regret comme
sans douleur, sans remords comme sans
inquiétude. J'ai demandé d'être mise
sous mon berceau de jasmins, on y
prépare déjà ma place, j'y serai Florville,
et les atômes émanés de ce corps dé-
truit, serviront à nourrir... à faire ger-
mer la fleur de toutes, que j'ai le mieux
aimée ; tiens, continua-t-elle en badi-

nant sur mes joues avec un bouquet de
cette plante, l'année prochaine en sentant ces fleurs, tu respireras dans leur
sein l'âme de ton ancienne amie; en
s'élançant vers les fibres de ton cerveau,
elles te donneront de jolies idées, elles
te forceront de penser encore à moi.
Mes larmes se r'ouvrirent un nouveau
passage... je serrai les mains de cette
malheureuse femme, et voulus changer ces effrayantes idées de matéria-
lisme contre quelques systêmes moins
impies ; mais à peine eus-je fait éclater ce desir, que madame de Verquin
me repoussa avec effroi... O Florville,
s'écria-t-elle, n'empoisonne pas, je t'en
conjure mes derniers momens, de tes
erreurs, et laisse-moi mourir tranquille;
ce n'est pas pour les adopter à ma mort
que je les ai détestés toute ma vie... Je
me tus; qu'eût fait ma chétive éloquence
auprès de tant de fermeté, j'eus désolé
madame de Verquin, sans la convertir,
l'humanité s'y opposait; elle sonna, aussitôt j'entendis un concert doux et mélo-
dieux, dont les sons paraissaient sortir

d'un cabinet voisin. Voilà, dit cette épi-
curienne comme je prétends mourir,
Florville, cela ne vaut-il pas bien mieux
qu'entourée de prêtres, qui rempli-
raient mes derniers momens de trouble,
d'alarmes et de désespoir... Non, je veux
apprendre à tes dévots, que sans leur
ressembler on peut mourir tranquille, je
veux les convaincre que ce n'est pas de
la religion qu'il faut pour mourir en
paix, mais seulement du courage et de
la raison.

L'heure avançait : un notaire entra,
elle l'avait fait demander ; la musique
cesse, elle dicte quelques volontés ; sans
enfans, veuve depuis plusieurs années,
et par conséquent maîtresse de beaucoup de choses, elle fit des legs à ses
amis, et à ses gens. Ensuite elle tira un
petit coffre d'un secrétaire placé près
de son lit, voilà maintenant ce qui me
reste, dit-elle, un peu d'argent comp-
tant et quelques bijoux. Amusons-nous
le reste de la soirée ; vous voilà six dans
ma chambre, je vais faire six lots de
ceci, ce sera une loterie, vous la tirerez
entre

entre vous, et prendra ce qui lui sera
échu.

Je ne revenais pas du sang-froid de
cette femme ; il me paraissait incroyable
d'avoir autant de choses à se reprocher,
et d'arriver à son dernier moment avec
un tel calme, funeste effet de l'incré-
dulité ; si la fin horrible de quelques
méchans fait frémir, combien ne doit
pas effrayer davantage un endurcisse-
ment aussi soutenu.

Cependant, ce qu'elle a desiré,
s'exécute ; elle fait servir une collation
magnifique, elle mange de plusieurs
plats, boit des vins d'Espagne et des
liqueurs, le médecin lui ayant dit que
cela est égal dans l'état où elle se
trouve.

La loterie se tire, il nous revient à
chacun près de cent louis, soit en or,
soit en bijoux. Ce petit jeu finissait à
peine qu'une crise violente la saisit. Eh
bien ! est-ce pour à présent, dit-elle au
médecin, toujours avec la sérénité la
plus entière ? — Madame, je le crains.
Viens donc, Florville, me dit-elle, en

me tendant les bras, viens recevoir mes
derniers adieux, je veux expirer sur le
sein de la vertu;.... elle me serre for-
tement contre elle, et ses beaux yeux
se ferment pour jamais.

Etrangère dans cette maison, n'ayant
plus rien qui pût m'y fixer, j'en sortis
sur-le-champ.... je vous laisse à penser
dans quel état... et combien ce spectacle
noircissait encore mon imagination.

Trop de distance existait entre la façon
de penser de madame de Verquin et la
mienne, pour que je pus l'aimer bien
sincèrement; n'était-elle pas d'ailleurs
la première cause de mon déshonneur,
de tous les revers qui l'avaient suivi?
Cependant cette femme, sœur du seul
homme qui réellement eût pris soin de
moi, n'avait jamais eu que d'excellens
procédés à mon égard, elle m'en comblait
encore même en expirant ; mes larmes
furent donc sincères, et leur amertume
redoubla en réfléchissant qu'avec d'excellentes qualités, cette misérable créature
s'était perdue involontairement, et que
déjà rejetée du sein de l'éternel, elle

subissait cruellement, sans doute, les peines dues à une vie aussi dépravée. La bonté suprême de Dieu vint néanmoins s'offrir à moi, pour calmer ces désolantes idées; je me jetai à genoux, j'osai prier l'être des êtres de faire grâce à cette malheureuse; moi qui avais tant de besoin de la miséricorde du Ciel, j'osai l'implorer pour d'autres, et pour le fléchir autant qu'il pouvait dépendre de moi, je joignis dix louis de mon argent au lot gagné chez madame de Verquin, et fis sur-le-champ distribuer le tout aux pauvres de sa paroisse.

Au reste, les intentions de cette infortunée, furent suivies ponctuellement; elle avait pris des arrangemens trop sûrs pour qu'ils pussent manquer; on la déposa dans son bosquet de jasmins, avec un obélisque de marbre noir à sa tête, sur lequel était gravé le seul mot : Vixit.

Ainsi périt la sœur de mon plus cher ami; remplie d'esprit et de connaissances, pétrie de grâces et de talens, madame de Verquin eut pu, avec une

autre conduite, mériter l'estime et l'a-
mour de tout ce qui l'aurait connu; elle
n'en obtint que le mépris. Ses désordres
augmentaient en vieillissant; on n'est
jamais plus dangereux, quand on n'a
point de principes, qu'à l'âge où l'on a
cessé de rougir ; la dépravation gan-
grène le cœur, on rafine ses premiers
travers, et l'on arrive insensiblement
aux forfaits, s'imaginant encore n'en être
qu'aux erreurs ; mais l'incroyable aveuglement de son frère ne cessa de me
surprendre : telle est la marque distinc-
tive de la candeur et de la bonté ; les
honnêtes gens ne soupçonnent jamais le
mal dont ils sont incapables eux-mêmes,
et voilà pourquoi ils sont aussi facilement dupes du premier fripon qui s'en
empare, et d'où vient qu'il y a tant
d'aisance et si peu de gloire à les tromper; l'insolent coquin qui y tâche, n'a
travaillé qu'à s'avilir, et sans même avoir
prouvé ses talens pour le vice, il n'a
prêté que plus d'éclat à la vertu.

En perdant madame de Verquin, je
perdais tout espoir d'apprendre des nou-

velles de mon amant et de mon fils,
vous imaginez bien que je n'avais pas
osé lui en parler dans l'état affreux où
je l'avais vue.

Anéantie de cette catastrophe, très-fa-
tiguée d'un voyage fait dans une cruelle
situation d'esprit, je résolus de me reposer quelque temps à Nancy, dans l'auberge où je m'étais établie, sans voir
absolument qui que ce fût, puisque monsieur de Saint-Prât avait paru desirer
que j'y déguisasse mon nom ; ce fut de là
que j'écrivis à ce cher protecteur, décidée de ne partir qu'après sa réponse.

Une malheureuse fille qui ne vous
est rien, monsieur, lui disais-je, *qui*
n'a de droits qu'à votre pitié, trouble
éternellement votre vie ; au lieu de ne
vous entretenir que de la douleur où
vous devez être relativement à la perte
que vous venez de faire, elle ose vous
parler d'elle, vous demander vos
ordres et les attendre, etc.

Mais il était dit que le malheur me
suivrait par-tout, et que je serais per-

pétuellement, ou témoin ou victime de
ses effets sinistres.

Je revenais un soir assez tard, de
prendre l'air avec ma femme de chambre;
je n'étais accompagnée que de cette fille
et d'un laquais de louage, que j'avais
pris en arrivant à Nancy; tout le monde
était déjà couché. Au moment d'entrer
chez moi, une femme d'environ cinquante ans, grande, fort belle encore,
que je connaissais de vue depuis que je
logeais dans la même maison qu'elle,
sort tout-à-coup de sa chambre voisine
de la mienne, et se jette, armée d'un poignard, dans une autre pièce vis-à-vis....
L'action naturelle est de voir...... je
vole.... mes gens me suivent; dans un
clin-d'œil, sans que nous ayons le temps
d'appeller ni de secourir.... nous apper-
cevons cette misérable se précipiter sur
une autre femme, lui plonger vingt fois
son arme dans le cœur, et rentrer chez
elle égarée, sans avoir pu nous découvrir.
Nous crûmes d'abord que la tête avait
tourné à cette créature; nous ne pou-
vions comprendre un crime, dont nous

ne dévoilions aucun motif; ma femme de chambre et mon domestique voulurent crier; un mouvement plus impé-périeux, dont je ne pus deviner la cause, me contraignit à les faire taire, à les saisir par le bras, et à les entraîner avec moi dans mon appartement, où nous nous enfermâmes aussi-tôt.

Un train affreux se fit bientôt entendre; la femme qu'on venait de poignarder s'était jetée, comme elle avait pu, sur les escaliers, en poussant des hurlemens épouvantables; elle avait eu le temps, avant que d'expirer, de nommer celle qui l'assassinait; et comme on sut que nous étions les dernières rentrées dans l'auberge, nous fûmes arrêtées en même temps que la coupable. Les aveux de la mourante ne laissant néanmoins aucun doute sur nous, on se contenta de nous signifier défense de sortir de l'auberge, jusqu'à la conclusion du procès. La criminelle traînée en prison n'avoua rien, et se défendit fermement; il n'y avait d'autres témoins que mes gens et moi, il fallut paraître.... il fallut parler,

il fallut cacher avec soin ce trouble qui
me dévorait secrètement, moi.... qui
méritais la mort comme celle que mes
aveux forcés allaient traîner au supplice,
puisqu'aux circonstances près, j'étais
coupable d'un crime pareil. Je ne sais
ce que j'aurais donné pour éviter ces
cruelles dépositions; il me semblait, en
les dictant, qu'on arrachait autant de
goutes de sang de mon cœur, que je
proférais de paroles; cependant il fallut
tout dire : nous avouâmes ce que nous
avions vu. Quelques convictions qu'on
eût d'ailleurs sur le crime de cette
femme, dont l'histoire était d'avoir as-
sassiné sa rivale, quelque certains, dis-je,
que l'on fût de ce délit, nous sûmes positivement après, que sans nous, il eût
été impossible de la condamner, parce
qu'il y avait dans l'aventure un homme
de compromis, qui s'échappa, et que l'on
aurait bien pu soupçonner ; mais nos
aveux, celui du laquais de louage sur-
tout, qui se trouvait homme de l'auberge.... homme attaché à la maison où

le crime avait eu lieu.... ces cruelles dépositions, qu'il nous était impossible de
refuser sans nous compromettre, scel-
lèrent la mort de cette infortunée.

A ma dernière confrontation, cette
femme m'examinant avec le plus grand
saisissement, me demanda mon âge.
Trente-quatre ans, lui dis-je.—Trente-
quatre ans?... et vous êtes de cette province?—Non, madame.—Vous vous appellez Florville? Oui, répondis-je, c'est
ainsi qu'on me nomme. Je ne vous connais
pas, reprit-elle; mais vous êtes honnête,
estimée, dit-on, dans cette ville; cela
suffit malheureusement pour moi....
Puis continuant avec trouble.... mademoiselle, un rêve vous a offert à moi
au milieu des horreurs où me voilà; vous
y étiez avec mon fils.... car je suis mère
et malheureuse, comme vous voyez....
vous aviez la même figure.... la même
taille.... la même robe.... et l'échafaud
était devant mes yeux.... Un rêve, m'é-
criai-je.... un rêve, madame, et le mien
se rappellant aussi-tôt à mon esprit, les
traits de cette femme me frappèrent, je

L 5

la reconnu pour celle qui s'était présentée à moi avec Senneval, près du cercueil hérissé d'épines.... Mes yeux s'inondèrent de pleurs ; plus j'examinais cette femme, plus j'étais tenté de me dédire.... je voulais demander la mort à sa place.... je voulais fuir et ne pouvais m'arracher.... Quand on vit l'état affreux où elle me mettait, comme on était persuadé de mon innocence, on se contenta de nous séparer ; je rentrai chez moi anéantie, accablée de mille sentimens divers dont je ne pouvais démêler la cause ; et le lendemain, cette misérable fut conduite à la mort.

Je reçus le même jour la réponse de monsieur de Saint-Prât ; il m'engageait à revenir. Nancy ne devant pas m'être fort agréable après les funestes scènes qu'il venait de m'offrir, je le quittai sur-le-champ, et m'acheminai vers la capitale, poursuivie par le nouveau phantôme de cette femme, qui semblait me crier à chaque instant : *c'est toi, malheureuse, c'est toi qui m'envoie à la mort, et tu ne sais pas qui ta main y traîne.*

Bouleversée par tant de fléaux, per-
sécutée par autant de chagrins, je priai
monsieur de Saint-Prât de me chercher
quelque retraite où je pus finir mes jours
dans la solitude la plus profonde, et dans
les devoirs les plus rigoureux de ma religion; il me proposa celui où vous m'a-
vez trouvé, monsieur; je m'y établis dès
la même semaine, n'en sortant que pour
venir voir deux fois le mois mon cher
protecteur, et pour passer quelques instans chez madame de Lérince. Mais le
ciel, qui veut chaque jour me frapper
par des coups sensibles, ne me laissa pas
jouir long-temps de cette dernière amie;
j'eus le malheur de la perdre l'an passé;
sa tendresse pour moi n'a pas voulu que
je me séparasse d'elle à ces cruels instans, et c'est également dans mes bras
qu'elle rendit les derniers soupirs.

Mais qui l'eût pensé, monsieur? cette
mort ne fut pas aussi tranquille que celle
de madame de Verquin; celle-ci n'ayant
jamais rien espéré, ne redouta point de
tout perdre; l'autre sembla frémir de voir
disparaître l'objet certain de son espoir;

L 6

aucuns remords ne m'avaient frappé
dans la femme qu'ils devaient assaillir
en foule.... celle qui ne s'était jamais
mise dans le cas d'en avoir, en conçut.
Madame de Verquin, en mourant, ne
regrettait que de n'avoir pas fait assez
de mal, madame de Lérince expirait re-
pentante du bien qu'elle n'avait pas fait.
L'une se couvrait de fleurs, en ne déplo-
rant que la perte de ses plaisirs; l'autre
voulut mourir sur une croix de cendres,
désolée du souvenir des heures qu'elle
n'avait pas offertes à la vertu.

Ces contrariétés me frappèrent ; un
peu de relâchement s'empara de mon
âme, et pourquoi donc, me dis-je, le
calme en de tels instans, n'est-il pas le
partage de la sagesse, quand il paraît
l'être de l'inconduite? Mais à l'instant,
fortifiée par une voix céleste qui semblait tonner au fond de mon cœur, est-ce
à moi, m'écriai-je, de sonder les volontés
de l'Eternel? Ce que je vois m'assure un
mérite de plus; les frayeurs de madame
de Lérince sont les sollicitudes de la
vertu, la cruelle apathie de madame de

Verquin, n'est que le dernier égarement
du crime. Ah! si j'ai le choix de mes derniers instans, que Dieu me fasse bien
plutôt la grace de m'effrayer comme
l'une, que de m'étourdir à l'exemple de
l'autre.

Telle est enfin la dernière de mes
aventures, monsieur; il y a deux ans que
je vis à l'Assomption, où m'a placé mon
bienfaiteur; oui, monsieur, il y a deux
ans que j'y demeure, sans qu'un instant
de repos ait encore lui pour moi, sans
que j'aie passé une seule nuit où l'image
de cet infortuné Saint-Ange et celle de
la malheureuse que j'ai fait condamner
à Nancy, ne se soient présentées à mes
yeux; voilà l'état où vous m'avez trouvé,
voilà les choses secrètes que j'avais à
vous révéler; n'était-il pas de mon devoir de vous les dire avant que de céder
aux sentimens qui vous abusent? Voyez
s'il est maintenant possible que je puisse
être digne de vous?... voyez si celle dont
l'âme est navrée de douleur, peut ap-
porter quelques joies sur les instans de
votre vie? Ah! croyez-moi, monsieur,

cessez de vous faire illusion; laissez-moi rentrer dans la retraite sévère qui me convient seule; vous ne m'en arracheriez que pour avoir perpétuellement devant vous, le spectacle affreux du remords, de la douleur et de l'infortune.

Mademoiselle de Florville n'avait pas terminée son histoire, sans se trouver dans une violente agitation. Naturellement vive, sensible et délicate, il était impossible que le récit de ses malheurs ne l'eût considérablement affectée.

Monsieur de Courval, qui dans les derniers évènemens de cette histoire, ne voyait pas plus que dans les premiers, de raisons plausibles qui dussent déranger ses projets, mit tout en usage pour calmer celle qu'il aimait. Je vous le répète, mademoiselle, lui disait-il, il y a des choses fatales et singulières dans ce que vous venez de m'apprendre; mais je n'en vois pas une seule qui soit faite pour alarmer votre conscience, ni faire tort à votre réputation... une intrigue à seize ans... j'en conviens, mais que d'excuses n'avez-vous pas pour vous... votre

âge, les séductions de madame de Verquin... un jeune homme peut-être très-ai-
mable... que vous n'avez jamais revu,
n'est-ce pas mademoiselle, continua
monsieur de Courval avec un peu d'inquiétude... que vraisemblablement vous
ne reverrez même jamais... Oh! jamais,
très-assurément, répondit Florville en
devinant les motifs d'inquiétude de monsieur de Courval. Eh bien! mademoiselle, concluons, reprit celui-ci, termi-
nons je vous en conjure, et laissez-moi
vous convaincre le plutôt possible qu'il
n'entre rien dans le récit de votre histoire, qui puisse jamais diminuer dans
le cœur d'un honnête homme, ni l'extrême considération due à tant de vertus,
ni l'hommage exigé par autant d'attraits.

Mademoiselle de Florville demanda
la permission de retourner encore à Paris consulter son protecteur pour la dernière fois, en promettant qu'aucun obstacle ne naîtrait assurément plus de son
côté. Monsieur de Courval ne put se refuser à cet honnête devoir; elle partit,
et revint au bout de huit jours avec

Saint-Prât. Monsieur de Courval combla ce dernier d'honnêtetés; il lui témoigna de la manière la plus sensible, combien il était flatté de se lier avec celle qu'il daignait protéger, et le supplia d'accorder toujours le titre de sa parente à cette aimable personne; Saint-Prât répondit comme il le devait, aux honnêtetés de monsieur de Courval, et continua de lui donner du caractère de mademoiselle de Florville, les notions les plus avantageuses.

Enfin parut ce jour tant desiré de Courval, la cérémonie se fit, et à la lecture du contrat, il se trouva bien étonné quand il vit que sans en avoir prévenu personne, monsieur de Saint-Prât avait en faveur de ce mariage, fait ajouter quatre mille livres de rente de plus à la pension de pareille somme qu'il faisait déjà à mademoiselle de Florville, et un legs de cent mille francs à sa mort.

Cette intéressante fille versa d'abondantes larmes en voyant les nouvelles bontés de son protecteur, et se trouva flattée dans le fond de pouvoir offrir à celui qui voulait bien penser à elle, une fortune pour le moins égale à celle dont il était possesseur.

L'aménité, la joie pure, les assurances réciproques d'estime et d'attachement, présidèrent à la célébration de cet hymen... de cet hymen fatal, dont les furies éteignaient sourdement les flambeaux.

Monsieur de Saint-Prât passa huit jours à Courval, ainsi que les amis de notre nouveau marié, mais les deux époux ne les suivirent point à Paris, ils se décidèrent à rester jusqu'à l'entrée de l'hiver à leur campagne, afin d'établir dans leurs affaires, l'ordre utile à les mettre ensuite en état d'avoir une bonne maison à Paris. Monsieur de Saint-Prât était chargé de leur trouver un joli établissement près de chez lui, afin de se voir plus souvent, et dans l'espoir flatteur de tous ces arrangemens agréables, monsieur et madame de Courval avaient déjà passé près de trois mois ensemble, il y avait même déjà des certitudes de grossesse, dont on s'était hâté de faire

part à l'aimable Saint-Prât, lorsqu'un
évènement imprévu vint cruellement
flétrir la prospérité de ces heureux époux;
et changer en affreux cyprès, les tendres
roses de l'hymen.

Ici ma plume s'arrête.... je devrais demander grâce aux lecteurs, les supplier
de ne pas aller plus loin... oui..... oui,
qu'ils s'interrompent à l'instant, s'ils ne
veulent pas frémir d'horreur..... Triste
condition de l'humanité sur la terre....
cruels effets de la bizarrerie du sort...
Pourquoi faut-il que la malheureuse
Florville, que l'être le plus vertueux, le
plus aimable et le plus sensible, se
trouve par un inconcevable enchaîne-
ment de fatalité, le monstre le plus abominable qu'ait pu créer la nature?

Cette tendre et aimable épouse lisait un
soir auprès de son mari, un roman anglais
d'une incroyable noirceur et qui faisait
grand bruit pour lors. Assurément, dit-
elle en jetant le livre, voilà une créature presqu'aussi malheureuse que moi.
Aussi malheureuse que toi, dit monsieur
de Courval en pressant sa chère épouse

dans ses bras,... ô Florville, j'avais cru
te faire oublier tes malheurs,.... je vois
bien que je me suis trompé... devais-tu
me le dire aussi durement! ... mais madame de Courval était devenue comme
insensible, elle ne répondit pas un mot
à ces caresses de son époux, par un mouvement involontaire, elle le repousse
avec effroi, et va se précipiter loin de
lui sur un sopha où elle fond en larmes ;
en vain cet honnête époux vient-il se jeter à ses pieds, en vain conjure-t-il cette
femme qu'il idolâtre, de se calmer, ou
de lui apprendre au moins la cause d'un
tel accès de désespoir; madame de Courval continue de le repousser, de se détourner quand il veut essuyer ses larmes,
au point que Courval ne doutant plus
qu'un souvenir funeste de l'ancienne
passion de Florville ne fût venu la ren-
flammer de nouveau, il ne put s'empêcher de lui en faire quelques reproches ; madame de Courval les écoute
sans rien répondre, mais se levant à la
fin, non monsieur, dit-elle à son époux,—
non... vous vous trompez en interprétant

ainsi l'accès de douleur où je viens d'être
en proie, ce ne sont pas des ressouvenirs
qui m'alarment, ce sont des pressenti-
mens qui m'effrayent... Je me vois heureuse avec vous, monsieur... oui très-
heureuse... et je ne suis pas née pour
l'être; il est impossible que je le sois
long-tems, la fatalité de mon étoile est
telle, que jamais l'aurore du bonheur n'est
pour moi, que l'éclair qui précède la
foudre... et voilà ce qui me fait frémir;
je crains que nous ne soyons pas desti-
nés à vivre ensemble. Aujourd'hui votre
épouse, peut-être ne la serai-je plus demain... Une voix secrète crie au fond de
mon cœur que toute cette félicité n'est
pour moi qu'une ombre, qui va se dissiper
comme la fleur qui naît et s'éteint dans
un jour. Ne m'accusez donc ni de caprice
ni de réfroidissèment, monsieur, je ne
suis coupable que d'un trop grand excès de sensibilité, que d'un malheureux
don de voir tous les objets du côté le
plus sinistre, suite cruelle de mes revers... Et monsieur de Courval aux pieds
de son épouse, s'efforçait de la calmer

par ses caresses, par ses propos, sans
néanmoins y réussir, lorsque tout-à-
coup... il était environ sept heures du
soir, au mois d'octobre... un domestique
vient dire qu'un inconnu demande avec
empressement à parler à monsieur de
Courval... Florville frémit... des larmes
involontaires sillonnent ses joues, elle
chancelle, elle veut parler, sa voix expire sur ses lèvres.

Monsieur de Courval plus occupé de
l'état de sa femme que de ce qu'on lui
apprend, répond aigrement, qu'on at-
tende, et vole au secours de son épouse,
mais madame de Courval craignant de
succomber au mouvement secret qui
l'entraîne... voulant cacher ce qu'elle
éprouve devant l'étranger qu'on annonce, se relève avec force, et dit : ce
n'est rien, monsieur, ce n'est rien,
qu'on fasse entrer ; le laquais sort, il
revient le moment d'après, suivi d'un
homme de trente-sept à trente-huit ans,
portant sur sa physionomie agréable
d'ailleurs, les marques du chagrin le
plus invétéré.

O mon père ! s'écria l'inconnu en se
jetant aux pieds de monsieur de Courval,
reconnaîtrez-vous un malheureux fils sé-
paré de vous depuis vingt deux ans,
trop puni de ses cruelles fautes par les
revers qui n'ont cessé de l'accabler
depuis lors. — Qui vous mon fils......
grand Dieu ! ...par quel événement....
ingrat qui peut t'avoir fait souvenir de
mon existence ? — Mon cœur... ce cœur
coupable qui ne cessa pourtant jamais de
vous aimer,... écoutez-moi mon père...
écoutez-moi, j'ai de plus grands malheurs
que les miens à vous révéler, daignez
vous asseoir et m'entendre, et vous madame, poursuivit le jeune Courval, en
s'adressant à l'épouse de son père, par-
donnez si pour la première fois de ma vie
que je vous rends mon hommage, je me
trouve contraint à dévoiler devant vous
d'affreux malheurs de famille qu'il n'est
plus possible de cacher à mon père.
Parlez monsieur, parlez dit madame de
Courval en balbutiant, et jetant des yeux
égarés sur ce jeune homme, le langage
du malheur n'est pas nouveau pour moi,

je le connais depuis mon enfance, et notre voyageur fixant alors madame de Courval, lui répondit avec une sorte de trouble involontaire..... vous malheureuse... madame... oh juste ciel, pouvez vous l'être autant que nous!

On s'assied..... l'état de madame de Courval se peindrait difficilement... elle jette les yeux sur ce cavalier... elle les replonge à terre... elle soupire avec agitation... monsieur de Courval pleure, et son fils tâche à le calmer, en le suppliant de lui prêter attention. Enfin la conversation prend un tour plus réglé.

J'ai tant de choses à vous dire monsieur, dit le jeune Courval, que vous me permettrez de supprimer les détails pour ne vous apprendre que les faits; et j'exige votre parole ainsi que celle de madame, de ne les pas interrompre que je n'aie fini de vous les exposer.

« Je vous quittai à l'âge de quinze ans, monsieur, mon premier mouvement fut de suivre ma mère que j'avais l'aveuglement de vous préférer; elle était séparée de vous depuis bien des années; je la re-

joignis à Lyon où ses désordres m'éf-
frayèrent à tel point, que pour conserver
le reste des sentimens que je lui devais,
je me vis contraint à la fuir. Je passai à
Strasbourg ou se trouvait le régiment de
Normandie....... madame de Courval
s'émeut, mais se contient; — j'inspirai
quelqu'intérêt au Colonel, poursuivit le
jeune Courval, je me fis connaître à lui,
il me donna une sous-lieutenance, l'année
d'après je vins avec le corps en garnison
à Nancy ; j'y devins amoureux d'une parente de madame de verquin... je sédui-
sis cette jeune personne, j'en eus un fils,
et j'abandonnai cruellement la mère :—
à ces mots madame de Courval frissonna, un gémissement sourd s'exhala de
sa poitrine, mais elle continua d'être
ferme. — Cette malheureuse aventure a
été la cause de tous mes malheurs, je mis
l'enfant de cette demoiselle infortunée
chez une femme près de Metz, qui me
promit d'en prendre soin, et je revins
quelque tems après à mon corps; on blâma ma conduite, la demoiselle n'ayant
pu reparaître à Nancy, on m'accusa d'a-

d'avoir

voir causé sa perte, trop aimable pour n'avoir pas intéressé toute la ville, elle y trouva des vengeurs; je me battis, je tuai mon adversaire, et passai à Turin avec mon fils que je revins chercher près de Metz. J'ai servi douze ans le roi de Sardaigne. Je ne vous parlerai point des malheurs que j'y éprouvai, ils sont sans nombre. C'est en quittant la France, qu'on apprend à la regretter. Cependant mon fils croissait, et promettait beaucoup. Ayant fait connaissance à Turin, avec une française qui avait accompagné celle de nos princesses qui se maria dans cette cour, et cette respectable personne s'étant intéressé à mes malheurs, j'osai lui proposer de conduire mon fils en France pour y perfectionner son éducation, lui promettant de mettre assez d'ordre dans mes affaires pour venir le retirer de ses mains dans six ans ; elle accepta, conduisit à Paris mon malheureux enfant, ne négligea rien pour le bien élever, et m'en donna très-exactement des nouvelles ».

» Je parus un an plutôt que je n'avais

promis, j'arrive chez cette dame , plein
de la douce consolation d'embrasser mon
fils, de serrer dans mes bras, ce gage d'un
sentiment trahi... mais qui brûlait encore
mon cœur.... Votre fils n'est plus, me dit
cette digne amie, en versant des larmes,
il a été la victime de la même passion qui
fit le malheur de son père ; nous l'avions
mené à la campagne, il y devint amoureux d'une fille charmante dont j'ai juré
de taire le nom; emporté par la violence
de son amour, il a voulu ravir par la force
ce qu'on lui refusait par vertu;..... un
coup seulement dirigé pour l'effrayer , a
pénétré jusqu'à son cœur et la renversé
mort; ... ici madame de Courval tomba
dans une espèce de stupidité qui fit
craindre un moment qu'elle n'eut tout à
coup perdu la vie; ses yeux étaient fixes,
son sang ne circulait plus. Monsieur de
Courval qui ne saisissait que trop la funeste liaison de ces malheureuses aventures, interrompit son fils et vola vers sa
femme.... elle se ranime, et avec un
courage héroïque ,... laissons poursuivre
votre fils , monsieur, dit-elle , je ne suis

peut-être pas au bout de mes malheurs.
Cependant le jeune Courval ne compre-
nant rien au chagrin de cette dame pour
des faits qui semblent ne la concerner
qu'indirectement, mais démêlant quelque chose d'incompréhensible pour lui,
dans les traits de l'épouse de son père,
ne cesse de la regarder tout ému; monsieur de Courval saisit la main de son fils,
et distrayant son attention pour Florville, il lui ordonne de poursuivre, de
ne s'attacher qu'à l'essentiel et de supprimer les détails, parce que ces récits con-
tiennent des particularités mystérieuses
qui deviennent d'un puissant intérêt ».

« Au désespoir de la mort de mon fils,
continue le voyageur, n'ayant plus rien
qui pût me retenir en France... que vous
seul, ô mon père !... mais dont je n'osais
m'approcher, et dont je fuyais le courroux, je résolus de voyager en Alle-
magne..... Malheureux auteur de mes
jours, voici ce qui me reste de plus cruel
à vous apprendre, dit le jeune Courval
en arrosant de larmes les mains de son

pére, armez-vous de courage, j'ose vous en supplier ».

« En arrivant à Nancy, j'apprends qu'une madame Desbarres, c'était le nom qu'avait pris ma mère dans ses désordres, aussi-tôt qu'elle vous eut fait croire sa mort, j'apprends dis-je que cette madame Desbarres, vient d'être mise en prison pour avoir poignardé sa rivale, et qu'elle sera peut-être exécutée le lendemain.

« O monsieur s'écria ici, la malheureuse Florville en se jetant dans le sein de son mari avec des larmes et des cris déchirans... ô monsieur voyez-vous toute la suite de mes malheurs?... Oui madame je vois tout, dit monsieur de Courval, je vois tout madame, mais je vous conjure de laisser finir mon fils, — Florville se contint, mais elle respirait à peine, elle n'avait pas un sentiment qui ne fût compromis, pas un nerf dont la contraction ne fût effroyable; — poursuivez mon fils, poursuivez, dit ce malheureux pére; dans un moment je vous expliquerai tout.

Eh bien monsieur, continua le jeune Courval, je m'informe s'il n'y a point de mal-entendu dans les noms; il n'était malheureusement que trop vrai, que cette criminelle était ma mère, je demande à la voir, je l'obtiens, je tombe dans ses bras... « Je meurs coupable me dit cette infortunée, mais il y a une fatalité bien affreuse dans l'événement qui me conduit à la mort; un autre devait être soupçonné, il l'aurait été, toutes les preuves étaient contre lui, une femme, et ses deux domestiques que le hasard faisait trouver dans cette auberge ont vu mon crime, sans que la préoccupation dans laquelle j'étais me permît de les appercevoir ; leurs dépositions sont les uniques causes de ma mort; n'importe, ne perdons pas en vaines plaintes le peu d'instans où je puis vous parler ; j'ai des secrets de conséquence à vous dire, écoutez-les mon fils. Dès que mes yeux seront fermés, vous irez trouver mon époux, vous lui direz que parmi tous mes crimes, il en est un qu'il n'a jamais su, et que je dois enfin avouer...... Vous avez une sœur,

M 3

Courval, ... elle vint au monde un an
après vous,... je vous adorais, je craignis
que cette fille ne vous fît tort, qu'à dessein de la marier un jour, on ne prît sur
le bien qui devait vous appartenir; pour
vous le conserver plus entier, je résolus
de me débarrasser de cette fille, et de
mettre tout en usage pour que mon époux
à l'avenir ne receuillît plus de fruit de
nos nœuds. Mes désordres m'ont jeté
dans d'autres travers, et ont empêché
l'effet de ces nouveaux crimes, en m'en
faisant commettre de plus épouvantables;
mais pour cette fille, je me déterminai
sans aucune pitié à lui donner la mort;
j'allais exécuter cette infamie de concert
avec la nourrice que je dédomageais am-
plement, lorsque cette femme me dit
qu'elle connaissait un homme, marié depuis bien des années, desirant chaque
jour des enfans, et n'en pouvant obtenir,
qu'elle me déferait du mien sans crime
et d'une manière peut-être à la rendre
heureuse, j'acceptai fort vîte. Ma fille fut
portée la nuit même à la porte de cet
homme avec une lettre dans son berceau;

volez à Paris, dès que je n'existerai plus,
suppliez votre père de me pardonner, de
ne pas maudire ma mémoire et de retirer
cet enfant près de lui. »

« A ces mots ma mère m'embrassa.....
chercha à calmer le trouble épouvantable
dans lequel venait de me jeter tout ce
que je venais d'apprendre d'elle,.....ô
mon père, elle fut exécutée le lendemain.
une maladie affreuse me réduisit au tombeau, j'ai été deux ans entre la vie et la
mort ; n'ayant ni la force ni l'audace
de vous écrire ; le premier usage du retour de ma santé est de venir me jeter à
vos genoux, de venir vous supplier de
pardonner à cette malheureuse épouse, et
vous apprendre le nom de la personne
chez laquelle vous aurez des nouvelles de
ma sœur ; c'est chez monsieur de Saint-
Prât. »

Monsieur de Courval se trouble, tous
ses sens se glacent, ses facultés s'anéan-
tissent... son état devient effrayant.

Pour Florville, déchirée en détail depuis un quart-d'heure, se relevant avec
la tranquillité de quelqu'un qui vient de

prendre son parti :.... eh bien ! monsieur,
dit-elle à Courval, croyez-vous maintenant qu'il puisse exister au monde une
criminelle plus affreuse que la misérable
Florville :.... reconnais-moi, Senneval,
reconnais à la fois ta sœur, celle que tu
as séduite à Nancy, la meurtrière de ton
fils, l'épouse de ton père, et l'infâme créature qui a traîné ta mère à l'échafaud...
Oui, messieurs, voilà mes crimes ; sur
lequel de vous que je jette les yeux, je
n'apperçois qu'un objet d'horreur ; ou je
vois mon amant dans mon frère, ou je
vois mon époux dans l'auteur de mes
jours, et si c'est sur moi que se portent
mes regards, je n'apperçois plus que le
monstre exécrable qui poignarda son fils,
et fit mourir sa mère. Croyez-vous que
le Ciel puisse avoir assez de tourmens
pour moi ; ou supposez-vous que je
puisse survivre un instant aux fléaux qui
tourmentent mon cœur ?.... Non, il me
reste encore un crime à commettre, celui-là les vengera tous. Et dans l'instant,
la malheureuse sautant sur un des pisto-
lets de Senneval, l'arrache impétueuse-

ment, et se brûle la cervelle avant qu'on
eût le tems de pouvoir deviner son in-
tention. Elle expire sans prononcer un
mot de plus.

Monsieur de Courval s'évanouit, son
fils absorbé de tant d'horribles scènes, ap-
pela comme il put au secours; il n'en était
plus besoin pour Florville, les ombres de
la mort s'étendaient déjà sur son front,
tous ses traits renversés n'offraient plus
que le mélange affreux du bouleverse-
ment d'une mort violente, et des convul-
sions du désespoir;..... elle flottait au
milieu de son sang.

On porta monsieur de Courval dans
son lit, il y fut deux mois à l'extrémité;
son fils dans un état aussi cruel, fut assez
heureux néanmoins pour que sa tendresse et ses secours pussent rappeller son
père à la vie; mais tous les deux après
des coups du sort si cruellement multi-
pliés sur leur tête, se résolurent à quitter
le monde. une solitude sévère les a dé-
robés pour jamais aux yeux de leurs amis,
et là, tous deux dans le sein de la piété
et de la vertu, finissent tranquillement

une vie triste et pénible, qui ne leur fût donnée à l'un et à l'autre que pour les convaincre, et eux, et ceux qui liront cette déplorable histoire, que ce n'est que dans l'obscurité des tombeaux, où l'homme peut trouver le calme, que la méchanceté de ses semblables, le désordre de ses passions, et plus que tout, la fatalité de son sort, lui refuseront éternellement sur la terre.

Fin du tome second.

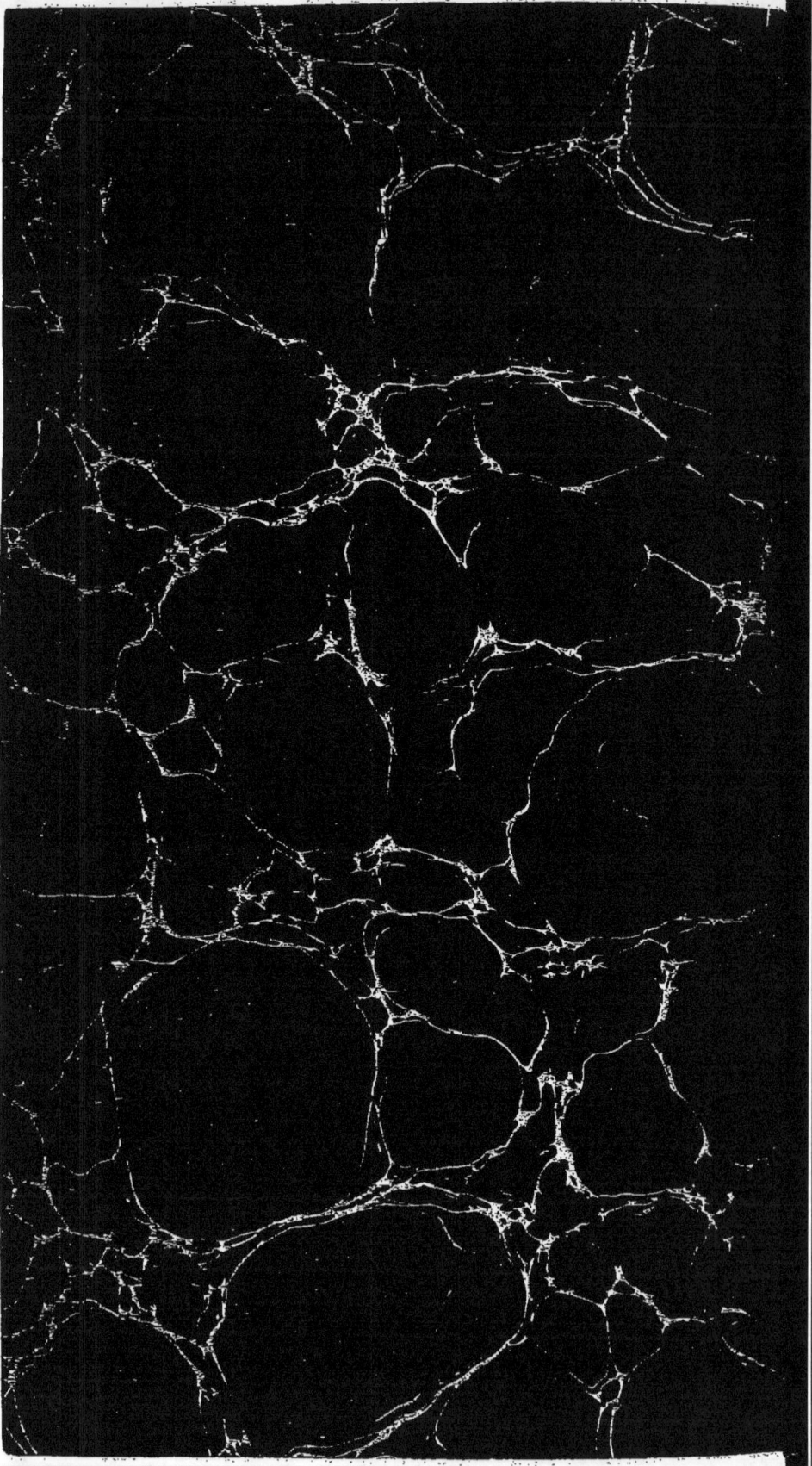

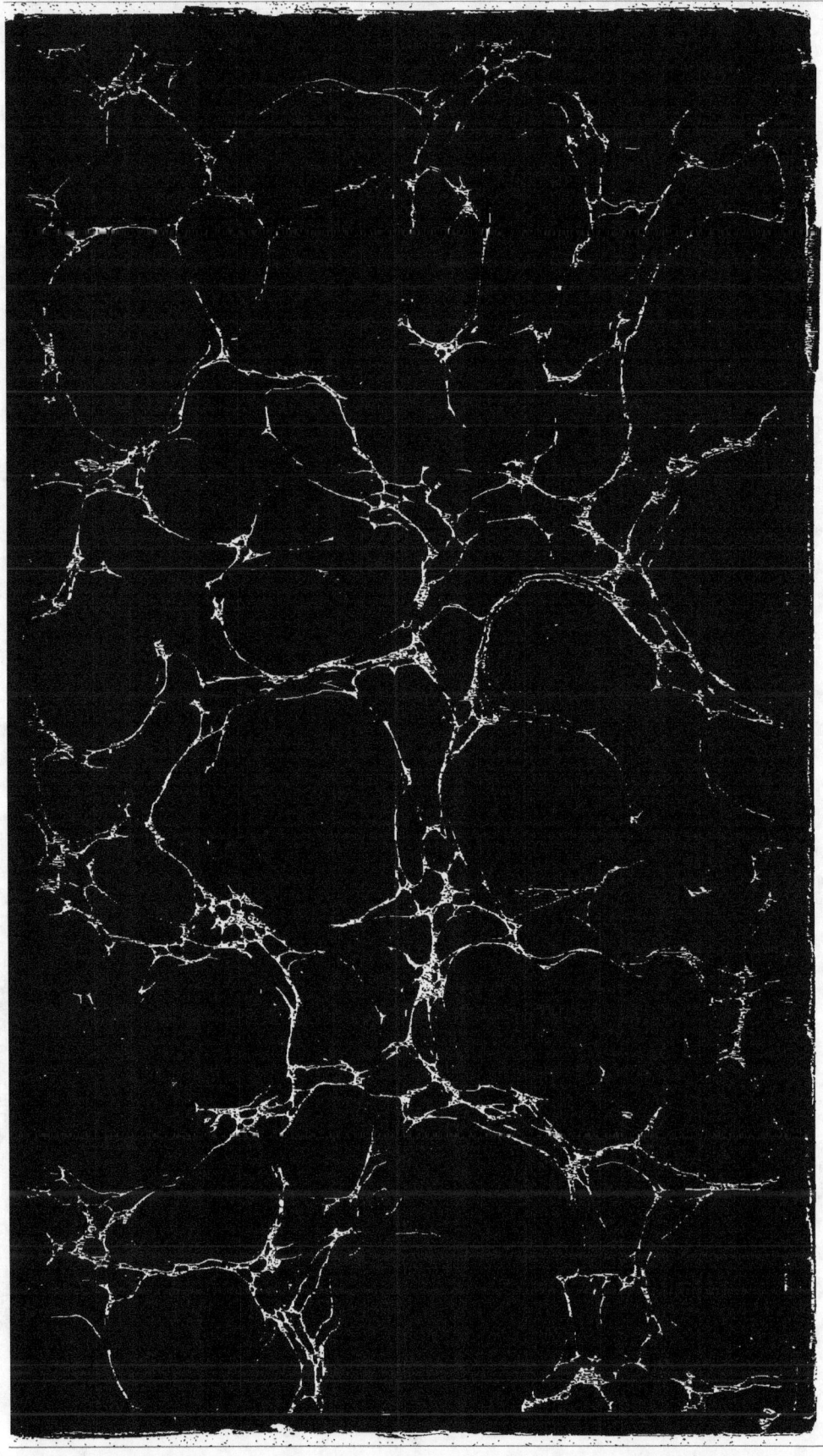